AF675050

हिन्द पॉकेट बुक्स

जो जीता वही सिकन्दर

सुप्रसिद्ध मोटिवेशन गुरु प्रमोद बत्रा व्यक्तित्व विकास एवं व्यवहार-प्रबंधन की पुस्तकों के एक सुपरिचित लेखक हैं। अमेरिका की प्रतिष्ठित यूनिवर्सिटी ऑफ मिनेसोटा से एम.बी.ए. करने के उपरांत वे तैंतीस वर्ष तक भारत के प्रमुख उद्योग समूह 'एस्कॉर्ट्स' से संबद्ध रहे और अनेक उच्च पदों पर आसीन रहे। हिंदी-अंग्रेजी में मानव-व्यवहार से संबंधित उनकी 60 से अधिक पुस्तकें प्रकाशित हो चुकी हैं, जिनकी 10 लाख से अधिक प्रतियाँ बिक चुकी हैं। देश-विदेश में व्यवहार-प्रबंधन पर 1 हजार से अधिक सेमिनारों का आयोजन भी कर चुके हैं।

जो जीता वही सिकन्दर

(*BORN TO WIN* का हिन्दी रूपान्तर)

जीवन ही जीत है

प्रमोद बत्रा

हिन्द पॉकेट बुक्स
पेंगुइन रैंडम हाउस इम्प्रिंट

हिन्द पॉकेट बुक्स

यूएसए। कनाडा। यूके। आयरलैंड। ऑस्ट्रेलिया। सिंगापुर
न्यू ज़ीलैंड। भारत। दक्षिण अफ्रीका। चीन

हिन्द पॉकेट बुक्स, पेंगुइन रैंडम हाउस ग्रुप ऑफ़ कम्पनीज़ का हिस्सा है, जिसका पता global.penguinrandomhouse.com पर मिलेगा

पेंगुइन रैंडम हाउस इंडिया प्रा. लि.,
चौथी मंजिल, कैपिटल टावर -1, एम जी रोड,
गुड़गांव 122 002, हरियाणा, भारत

पेंगुइन
रैंडम हाउस
इंडिया

प्रथम संस्करण हिन्द पॉकेट बुक्स द्वारा 2002 में प्रकाशित
यह संस्करण हिन्द पॉकेट बुक्स में पेंगुइन रैंडम हाउस द्वारा 2022 में प्रकाशित

कॉपीराइट © सर्वाधिकार सुरक्षित, 2002

सर्वाधिकार सुरक्षित

10 9 8 7 6 5 4 3 2

इस पुस्तक में व्यक्त विचार लेखक के अपने हैं, जिनका यथासंभव तथ्यात्मक सत्यापन किया गया है, और इस संबंध में प्रकाशक एवं सहयोगी प्रकाशक किसी भी रूप में उत्तरदायी नहीं हैं।

ISBN 9789353494292

मुद्रकः रेप्रो इंडिया लिमिटेड

यह पुस्तक इस शर्त पर विक्रय की जा रही है कि प्रकाशक की लिखित पूर्वानुमति के बिना इसका व्यावसायिक अथवा अन्य किसी भी रूप में उपयोग नहीं किया जा सकता। इसे पुनः प्रकाशित कर विक्रय या किराए पर नहीं दिया जा सकता तथा जिल्दबंद अथवा किसी भी अन्य रूप में पाठकों के मध्य इसका परिचालन नहीं किया जा सकता। ये सभी शर्तें पुस्तक के ख़रीददार पर भी लागू होंगी। इस संदर्भ में सभी प्रकाशनाधिकार सुरक्षित हैं।

www.penguin.co.in

FSC www.fsc.org MIX Paper from responsible sources FSC® C047271

This is a legitimate digitally printed version of the book and therefore might not have certain extra finishing on the cover.

महान पुरुष की पहली पहचान उनकी विनम्रता है। भरे बादल और फल लगे वृक्ष नीचे झुकते हैं, सज्जन ज्ञान और धन पाकर विनम्र बनते हैं।

प्रेमचन्द

अनुक्रम

मनुष्य उतना ही महान होगा, जितना वह अपनी आत्मा में सत्य, त्याग, दया, प्रेम और शक्ति का विकास करेगा।

स्वेट मार्डेन

अभी तक ऐसा कोई व्यक्ति वास्तव में महान नहीं हुआ, जो साथ ही गुणवान न रहा हो।

कालिदास

कुछ जन्म से ही महान होते हैं, कुछ महानता प्राप्त करते हैं और कुछ लोगों पर महानता लाद दी जाती है।

शेक्सपियर

मनुष्य ठीक उसी मात्रा में महान बनता है, जिस मात्रा में वह मानव कल्याण के लिए श्रम करता है।

सुकरात

महान पुरुष अवसर की कमी की शिकायत नहीं करते।

इमर्सन

महान लोग महान उदारता के कार्य करने में सक्षम होते हैं।

सर्वेंटिस

मेरी बात

हममें से सभी ने अपने-आप को अपने जीवनकाल में कभी-न-कभी बेहद दुखी महसूस किया होगा। ऐसे मौक़ों पर पढ़ा-लिखा होने, सर्वशक्तिमान होने या फिर धनवान होने से भी कोई फ़र्क़ नहीं पड़ता। तब जीवन के प्रति सकारात्मक रवैया यानी 'दिमाग़ी ताक़त' ही सबसे मूल्यवान प्रेरणा के रूप में काम आती है। इसे मूल्यवान मैं इसलिए मानता हूं क्योंकि हमारी इस भीतरी शक्ति को कोई भी हमसे छीन नहीं सकता। अगर हम सकारात्मक सोच की कला को समझ लें जो हमें अच्छी चीज़ों की ओर ले जाती है तो हम कभी भी अपनी ख़ुशियों के लिए दूसरों के मोहताज नहीं होंगे। यह अपने-आप में एक उपलब्धि है। क्या आप ऐसा नहीं मानते?

यह पूरी तरह से आप पर निर्भर करता है कि आप रोता-बिलखता दुखीराम बनना चाहते हैं, जिसके लिए पूरी उम्र ही कांटों से भरी है, या फिर हंसता-चहकता सुखीराम जो जीवन के विभिन्न पड़ावों पर आनेवाले हर सुख-दुख को हंसते हुए झेलना जानता है।

जीवन में सबसे अहम होता है उसके प्रति नज़रिया। दिमाग़ तो सकारात्मक और नकारात्मक दोनों तरह से सोच सकता है। अगर आप को किसी परेशानी या परिस्थिति अथवा अवसर से प्रभावी ढंग से निपटना है तो आपको अपना मूड सकारात्मक रखना होगा। और अपने-आप को सकारात्मक मूड की स्थिति में सिर्फ़ आप ख़ुद ही कर सकते हैं। इस

सम्बन्ध में धन, बुद्धि या समाज में आपका स्तर (या उसका न होना) कुछ भी नहीं कर सकता। ख़ुद आप ही अपने सबसे अच्छे दोस्त या दुश्मन होते हैं।

मैंने यह पुस्तक आपको सकारात्मक और सर्जनात्मक तरीक़े से सोच-विचार के लिए प्रेरित करने के उद्देश्य से लिखी है। इसे अपनी रोज़मर्रा की ज़िन्दगी में सफलता और प्रसन्नता का जरिया बनाएं। आप पाएंगे कि किस तरह सकारात्मक रवैया आपके दफ़्तर, घर और यहां तक कि पूरे जीवन में ही असाधारण परिणाम सामने लाता है। याद रखें कि आपका जन्म ही जीतने के लिए हुआ है। आपको तो बस उत्साह, ख़ुशी, पूरी निष्ठा और ईमानदारी के साथ जीवन जीना है। सकारात्मक दृष्टिकोण के शस्त्रागार के ये तो बस कुछ हथियार-भर हैं। दृष्टिकोण ही सफल व्यक्ति को असफल व्यक्ति से अलग बनाता है, गेहूं को भूसे से अलग करता है।

मेरी इस ताज़ातरीन किताब को पढ़ने के बाद आप ज़िन्दगी के उतार-चढ़ाव का सामना सफलतापूर्वक कर सकेंगे। इन साधारण नियमों का पालन करना शुरू करें और आज ही से जीत सुनिश्चित करें।

– प्रमोद बत्रा

1. सकारात्मक विचारों का स्रोत बनें

अपने विचारों पर नज़र रखें क्योंकि ये ही आपके शब्द बनेंगे। अपने शब्दों पर निगाह रखें क्योंकि ये शब्द ही आपके कर्मों का रूप धरेंगे। अपने कर्मों पर गौर करें क्योंकि इनसे आपकी आदतें तय होती हैं। अपनी आदतों पर नज़र रखें जिनसे आपका चरित्र निर्धारित होता है।

यदि अपने विचारों, शब्दों, कर्मों और आदतों पर नज़र रखना आपके चरित्र में शामिल होगा तो आप अपने मन-मस्तिष्क के नकारात्मक विचारों को पैदा होते ही उखाड़ फेंकने की स्थिति में होंगे। एक बार आपको इस बात की जानकारी हो जाएगी तो आप ख़ुद-ब-ख़ुद अपनी बेहतरी सुनिश्चित कर सकेंगे।

अपने विचारों पर क़ाबू रखने के लिए मैंने एक मामूली उपाय ढूंढ़ निकाला है : गीगो बनाम बीबो। दरअसल, गीगो कम्प्यूटरी शब्दावली है जिसके मायने हैं–'कचरा अन्दर कचरा बाहर' (गारबेज इन गारबेज आउट)। मैंने इसमें थोड़ा फेरबदल कर इसे 'अच्छे विचार भीतर अच्छे विचार बाहर' (गुड आइडियाज़ इन गुड आइडियाज़ आउट) बना डाला है। सच तो यह है कि कम्प्यूटर और मानव-मस्तिष्क इस लिहाज से काफ़ी हद तक एक-दूसरे से मिलते-जुलते हैं कि इनमें जैसी सामग्री डाली जाएगी वैसे ही नतीजे सामने आएंगे। जैसा बोओगे वैसा काटोगे। लेकिन इंसान बड़ा

कोई भी निराशावादी आज तक
तारों के रहस्य को नहीं जान
पाया है और न ही उसने किसी
अज्ञात स्थान की खोज की है
या मनुष्य जाति के
लिए वह कोई नया द्वार
खोल सका है।

हेलेन केलर

ही मज़ेदार जीव है। वह ख़ुद को दूसरों से अधिक बुद्धिमान समझता है और सोचता है कि यह नियम उसे छोड़कर बाक़ी सब पर लागू होता है। कितने मुगालते में जीता है इंसान ! अगर ऐसा न होता तो वह ख़ुद को और अपने बच्चों को बुद्धू बक्से के सामने घंटों बैठकर बकवास क्यों देखने देता। दरअसल, सच्चाई यह है कि मेरा सबसे बड़ा दुश्मन या दोस्त स्वयं मैं ही हूं।

यही कारण है कि मैं टेलीविजन, वीडियो और दोस्तों, सहयोगियों, किताबों तथा अख़बारों के जरिये बुरे विचारों को अपने दिमाग़ में घुसने की इजाज़त नहीं देता क्योंकि यहां भी वही सिद्धान्त लागू होता है–'बुरे विचार अन्दर बुरे विचार बाहर' (बैड आइडियाज़ इन बैड आइडियाज़ आउट)।

> **हमारा जीवन वही होता है जैसा हमारे विचार उसे बनाते हैं।**
> मार्कस ऑरीलियस

हम सभी हर रात सोने से पहले अपनी जेब का सामान निकालकर दराज, अलमारी वगैरह में रख देते हैं। इस क्रिया से प्रेरित होकर मैंने अपने भीतर दिन-भर इकट्ठे हुए बुरे विचारों को रात में सोने से पहले निकालकर कचरे के डिब्बे में डालने की आदत बना ली है। दरअसल, आज मेरे पास जमा हुए ख़राब विचारों की मुझे कल क़तई ज़रूरत नहीं होगी। दिन-भर में हम जो थोड़ी-बहुत चिन्ताएं, जलन और द्वेष किसी-न-किसी बहाने बटोर लेते हैं, उन्हें अपने भीतर से बाहर धकेलना ज़रूरी है। अगर हम ऐसा नहीं करेंगे तो हमारे दिमाग़ों में ज़हर भर जाना लाज़िमी है।

अपने मस्तिष्क की हर रोज़ इस प्रकार झाड़-पोंछ करने का सुखद नतीजा यह होगा कि हमारा छह से नौ फ़ीसदी मस्तिष्क नए और बेहतर विचारों के प्रवेश के लिए उपलब्ध रहेगा। अगर हम इस नियमित सफ़ाई से कामचोरी करेंगे तो हमें निश्चित रूप से तनाव घेर लेगा, क्योंकि उस स्थिति में हमारे दिमाग़ में बेहिसाब कूड़ा-करकट जमा हो जाएगा। हमारा दिमाग़ कचरे का डिब्बा बनकर रह जाएगा।

यही कारण है कि मैं पढ़ने की सामग्री चुनते समय और उन लोगों का चुनाव करते समय बेहद सतर्क रहता हूं जिनके साथ मुझे वक़्त बिताना होता है। मैं हरदम ख़ुशमिजाज़ रहने की कोशिश करता हूं क्योंकि मुझे अच्छे विचार पैदा करने होते हैं।

दरअसल, हमारे मस्तिष्क विचारों की फ़ैक्टरियां होते हैं जो सकारात्मक या नकारात्मक विचार पैदा कर सकते हैं। यानी सिर्फ़ हमें यह तय करना है कि किन विचारों को जन्म दिया जाए। जो लोग ख़ुश रहना चाहते हैं, वे अपने दिमाग़ को अच्छे विचार उत्पन्न करने के अनुरूप ढालते हैं। लेकिन जो लगातार नकारात्मक विचार पैदा करते हैं, वे किसी-न-किसी ग़लतफ़हमी का शिकार तो होते ही हैं, साथ ही जीवन में अपनी प्राथमिकताओं को भी ठीक से तय नहीं कर पाते। उन्होंने अपने लक्ष्यों के बारे में कुछ भी तय नहीं किया होता। वे अपनी मंज़िल के बारे में भी तय नहीं कर पाते और यही कारण है कि वे बार-बार अपनी गति और दिशा बदलते रहते हैं। वे जब कभी ख़ुद को ग़लत राह पर पाते हैं तो नकारात्मक बन जाते हैं। दरअसल, उन्हें लाहौर जाना होता है और वे पेशावर जानेवाली सड़क पर खड़े होते हैं।

अगर हम अच्छी बातें सोचेंगे तो हम खुश रहेंगे। यदि खराब बातें सोचेंगे तो हमारी हालत भी खराब ही होगी। और यदि हमारे विचार डरावने होंगे तो हम खुद आशंकित रहेंगे।

दो किसानों का ही उदाहरण लें, दोनों के पास एक-एक एकड़ ज़मीन थी। सन्ता नाम का किसान वही काम करता रहा जो उसके पूर्वज वर्षों से करते आ रहे थे। दूसरी तरफ़ बन्ता है जो अक्सर कृषि विश्वविद्यालय के प्रोफ़ेसरों से मिलकर नई-नई विधियों के बारे में पता लगाता रहता है। अब आप ही बताएं कि दोनों में से किसकी स्थिति बेहतर होगी? जाहिर-सी बात है कि बन्ता ही सन्ता के मुक़ाबले ज़्यादा उन्नति कर पाएगा।

मेरे तकिया कलाम हैं–'चढ़दी कला दी विच' और 'बल्ले-बल्ले'– मैंने इनसे हटकर कुछ सोचा ही नहीं। मैं तो यह सोचकर चलता हूं कि अगर बीमारी को टाला नहीं जा सकता तो आराम फ़रमाएं और मौज करें ! राष्ट्रपति निक्सन जब राष्ट्रपति पद के चुनाव अभियान के दौरान घुरने में चोट के कारण अस्पताल में भर्ती हुए तो उन्होंने उस समय का भरपूर फ़ायदा उठाते हुए 'सिक्स क्राइसेस' लिखी।

मैं तब तक अपनी परेशानियां, चिन्ताएं और तनावों को दूसरों के साथ नहीं बांटता, जब तक कि वे मेरी मदद या मेरा मार्गदर्शन करने की स्थिति में नहीं होते। मैं गुरुनानक जी के इस कथन–'नानक दुखिया सब संसार' से भी प्रेरणा ग्रहण करता हूं। मानसिक तौर पर मैं हर बात के लिए–यहां तक कि मृत्यु के लिए भी तैयार हूं। जब उसे आना है तो एक दिन वह ज़रूर आएगी। श्रीकृष्ण के वचनों के अनुसार–'अपना कर्म करो' और करते रहो, शेष सब कुछ 'उस पर' छोड़ दो।

ज़िन्दगी में कुछ-न-कुछ चलता ही रहेगा। मैंने ऐसे अनेक लोगों को देखा है जो अनुकूल और प्रतिकूल, दोनों तरह की परिस्थितियों में अच्छा प्रदर्शन करते हैं। यह उस व्यक्ति की मानसिक संरचना और जीवन के प्रति उसकी तैयारियों पर निर्भर करता है।

हमारा दिमाग़ उस एक एकड़ ज़मीन की तरह है जिस पर हम फूल भी बो सकते हैं और खरपतवार भी। यदि आप अपनी ख़ुशियों के बीज (कहानियां, उदाहरण, प्रदर्शनियां, प्रस्तुतियां, कहावतें) नहीं बोते तो यक़ीनन इंसानी स्वभाव के अनुसार खरपतवार ही उगाऐंगे। और उस ज़मीन कि तरह, जिसकी ख़ुदाई, बिजाई, सिंचाई न की गई हो और जिसमें खाद न डाली गई हो, तो उसमें खरपतवार ही उंगेंगे, हमारे साथ भी ऐसा ही होगा।

इस बात को लेकर परेशान मत होएं कि दूसरे लोग आपके बारे में क्या सोचते हैं। वे तो खुद इस बात को लेकर ही झुंझलाते हैं कि आप उनके विषय में क्या सोच रहें हैं. . .

मेरा दिल और दिमाग़ श्रेष्ठ सम्पत्तियां हैं

हर रोज़ सोने से पहले, चेतन या अवचेतन ढंग से मुझे अपने अनुभवों की मदद से इनका 'आविष्कार' करना है। मेरे लिए ये उस प्लॉट की तरह है जिस पर मैंने फसल उगानी है। जैसा मैं बोऊंगा, वैसा ही काटूंगा। अपने अवचेतन में मैं सकारात्मक विचारों को एकत्रित कर सकता हूं और कम्प्यूटर मेमोरी डिस्क (क्षमता एक करोड़ पृष्ठ) की भांति उन्हें सुरक्षित भी रख सकता हूं। मैं अपने दिल और दिमाग़ को मीडिया, दोस्तों, सहयोगियों और क़रीबी लोगों के द्वारा उत्पन्न कचरे का ढेर नहीं बनने देता। इसीलिए मैं शबरी की तरह श्रेष्ठ बेरों को ही चुनता हूं और उन बातों को बिल्कुल दरकिनार कर देता हूं जिनसे मेरे दिल-दिमाग़ के प्रदूषित होने की आशंका होती है। मैं प्रेरक कैसटों को सुनता हूं, प्रेरक पुस्तकें पढ़ता हूं, उन दोस्तों, सहयोगियों को तलाशता हूं जिनसे मैं कुछ सीख सकता हूं। मैं अपने दिल और दिमाग़ के लिए ख़ुद अपने कार्यक्रम संचालित करता हूं।

घटिया सोचें, घटिया बनें। समृद्ध सोच रखें, समृद्ध बनें।

आपकी ग़रीबी या समृद्धि आपकी सोच का परिणाम है। आप अमीर भी बन सकते हैं और ग़रीब भी, यह इस बात पर निर्भर करता है कि आप अपने दिमाग़ को कैसा सोचने की ट्रेनिंग देते हैं। हर कोई इस तथ्य से वाकिफ़ है। हर धर्म यही सिखाता है। मैं कुछ साधारण नियमों का पालन करते हुए ही एक हद तक समृद्ध बन सका हूं। मैं अपने माता-पिता या बच्चों को नहीं चुन सकता, लेकिन बाक़ी सभी का चुनाव कर सकता हूं और जितना सम्भव हो करता भी हूं। मैं ऐसे लोगों का साथ पसन्द करता हूं जो उन सबसे ख़ुश रहते हैं जो उनके पास हैं और उनसे भी जो नहीं हैं।

यानी, मेरा दिमाग़ ही सोच-विचार की फ़ैक्टरी है। मैं उसे–'मैं अमीर हूं' या 'मैं ख़ुश हूं' जैसे सकारात्मक विचार पैदा करने के लिए आदेश देता हूं।

अपने घर को एयरकंडिशन करने की बजाय अपने दिल और दिमाग़ की कंडिशनिंग कीजिए।

जब आप सकारात्मक तरीक़े से सोचेंगे तो कई काम अपने आप हो जाएंगे। आपका तनाव गायब हो जाएगा। धन नहीं बल्कि बुद्धि मनुष्य को धनवान बनाती है। दरअसल, सबसे धनवान वही है जो सबसे कम पाने की अपेक्षा रखता है। बुद्धि के बगैर धन तनाव उपजाता है। यदि आप बुद्धिमान और समझदार नहीं हैं तो आपकी समृद्धि आपको तनावग्रस्त कर सकती है।

अगर आप जीवन-भर के लिए प्रसन्नता जुटाना चाहते हैं तो अपने काम से प्यार करें।

याद रखें, कि होशियार आदमी कड़ी मेहनत के बूते पर धनवान बन सकता है।

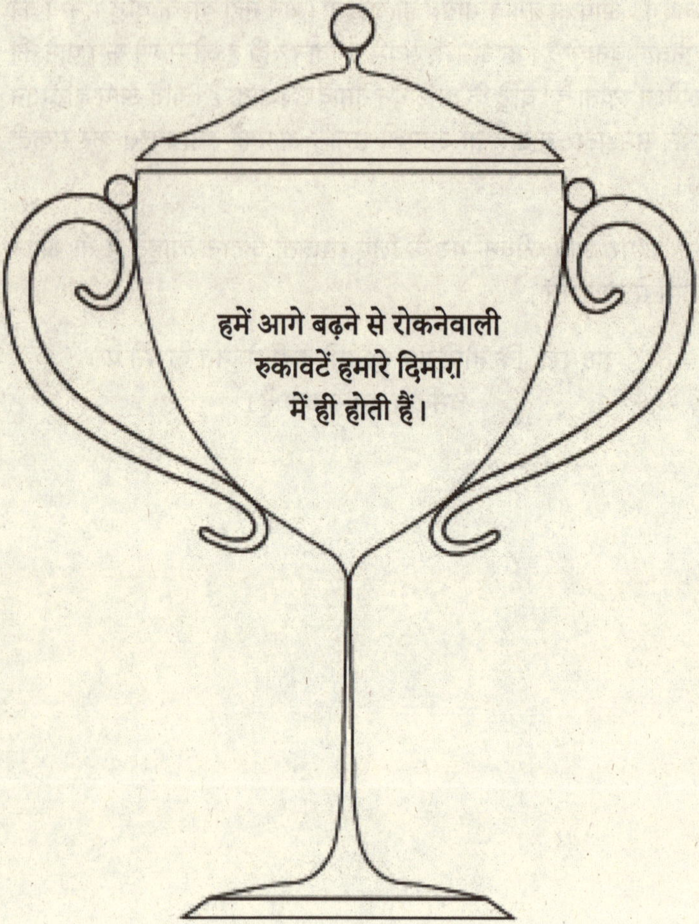

हमें आगे बढ़ने से रोकनेवाली रुकावटें हमारे दिमाग़ में ही होती हैं।

2. आप सुखीराम हैं या दुखीराम ?

विजेता कभी रुकता नहीं

दो लड़के गांव की एक सड़क से गुज़र रहे थे और उन्होंने देखा कि पड़ोस के शहर में डिलीवरी के लिए दो बड़े दूध के ड्राम रखे हैं। आस-पास किसी को न पाकर उन लड़कों को शैतानी सूझी और उन्होंने उन दोनों ड्रामों में एक-एक बड़ा मेंढक डाल दिया। कुछ समय बाद उन ड्रामों को डिलीवरी के लिए ले जाया गया।

जब ड्राम ले जाए जा रहे थे तो रास्ते में पहले ड्राम का मेंढक अपने-आप से बोला–'बाप रे ! कितना भयानक मंजर है ! मैं तो इस ढक्कन को खोल भी नहीं सकता क्योंकि यह बहुत भारी है। इससे पहले मैंने दूध में कभी स्नान भी नहीं किया और मैं ढक्कन को पूरी ताक़त से धक्का देने के लिए ड्राम के तले तक भी नहीं पहुंच सकता। इसलिए भला जोर लगाने से क्या लाभ !' और ऐसा सोचते-सोचते उसने मन ही मन हार मान ली। बाद में जब उस ड्राम का ढक्कन खोला गया तो एक बड़ा-सा मरा हुआ मेंढक उसमें पड़ा मिला। वह दुखीराम था।

> **मैं एक रास्ता ढूंढ़ ही लूंगा।**
> –ऑरिसन स्वेट मार्डेन

दूसरे ड्राम में भी कुल मिलाकर वही स्थिति थी। उसके मेंढक ने ख़ुद

से कहा–'मैं ढक्कन को तो नहीं उठा सकता क्योंकि यह बहुत सख्त और भारी है। मैं अपने-आप को बचाने के लिए इस ढक्कन में छेद भी नहीं कर सकता, मगर मैंने तैरना तो सीखा है।' और इस तरह वह तैरता रहा, तैरता रहा और ऐसा करते-करते दूध में से मक्खन का एक बड़ा-सा ढेर तैयार हो गया। मेंढक उस ढेर पर चढ़कर बैठ गया। जैसे ही ड्राम का ढक्कन उठा तो मेंढक ने झट से बाहर छलांग लगा दी। वह सुखीराम था।

यानी, विजेता कभी नहीं थकता और थकनेवाला कभी नहीं जीतता !

एक बूढ़ा व्यक्ति हर रोज़ एक मील चौड़ी नदी पार कराने के लिए अपनी नाव में लोगों को एक किनारे से दूसरे किनारे तक दस पैसे में ले जाया करता था। जब किसी ने उससे पूछा कि 'दिन-भर में कितने चक्कर तुम लगाते हो?' तो उसका जवाब था–'जब तक मैं चक्कर लगा सकता हूं, लगाता रहता हूं, क्योंकि जितने ज़्यादा चक्कर लगाऊंगा उतना ही अधिक मैं पाऊंगा। और अगर मैं ऐसा करूंगा ही नहीं, तो कुछ भी नहीं पाऊंगा।'

3. बी एफ़ पी से के एफ़ पी तक का सफ़र

के एफ़ पी यानी 'की फ़रक पैंदा' (क्या फ़र्क़ पड़ता है) जैसे साधारण नज़रिये को किस प्रकार अपनाया जा सकता है, इस बारे में मैं आपको एक क़िस्सा सुनाता हूं। और मुझे पूरा भरोसा है कि इससे आप ज़रूर प्रभावित होंगे। अमरीका में डाइट कोक मार्किट में उतारे जाने के बाद कोका कोला और पेप्सी के बीच ज़बरदस्त कोक युद्ध छिड़ गया। पेप्सी ने 'युवा पीढ़ी' का मन्त्र पेश किया और माइकल जैक्सन के साथ पचास लाख डॉलर का रिकॉर्ड-तोड़ कॉन्ट्रेक्ट किया। तब के एफ़ पी की वजह से ही यह कॉन्ट्रेक्ट अदालतों में घिसटने से बच गया। दरअसल, हुआ यूं कि पेप्सी और जैक्सन के बीच हुए इस समझौते के मुताबिक़ विज्ञापन-फ़िल्म में जैक्सन के चेहरे को साढ़े पांच दफ़ा दिखाया जाना तय हुआ था।

जब आप गलत दिशा में बढ़ते हैं तो ईश्वर आपको यू–टर्न लेने का अवसर भी देते हैं।

जब जैक्सन ने इसे देखा तो उसने कहा कि वह साढ़े चार दफ़ा ही अपना चेहरा दिखाया जाना पसन्द करेगा। पेप्सी के मैनेजमेंट को इस बात का पूरा अहसास था कि समझौते की शर्तों में फंसे होने के कारण वे उस बिगड़ैल पॉप स्टार को कोर्ट में घसीट सकते हैं और सबक सिखा

सकते हैं। लेकिन शायद अदालती खिचखिच से बचना तय था, इसलिए पेप्सी के एक युवा प्रेजीडेंट ने इस मुद्दे पर अपने सीनियर मार्केटिंग मैनेजर से अपनी राय देने को कहा। सीनियर मैनेजर ने तपाक से जवाब दिया– 'भला साढ़े पांच या साढ़े चार में कौन-सा ज़्यादा फ़र्क़ है। अगर किसी को भी हमारे बीच इस मतभेद के बारे में पता चलेगा तो यक़ीनन हमें मूर्ख करार देगा।'

बी एफ पी यानी 'बहुत फ़रक पैंदा' (बहुत फ़र्क़ पड़ता है) का नज़रिया न सिर्फ़ इसके शिकार व्यक्ति को तनावग्रस्त बनाता है बल्कि उसका ब्लड प्रेशर भी बढ़ाता है। इसलिए भलाई बी एफ़ पी को भूलकर के एफ़ पी फ़ार्मूले को अपनाने में ही हैं। आख़िर आपकी मर्ज़ी के बगैर आपको कोई नुकसान नहीं पहुंचा सकता।

बाधाएं आपकी राह के वे ख़तरनाक मंजर हैं जिन पर उस वक़्त आपकी नज़र पड़ती है, जब आपकी निगाहें अपने लक्ष्य से हट जाती हैं।

4. अपने डर भगाएं

इंसान भी बड़ा अजीब क़िस्म का जानवर है ! हममें से कई ऐसे हैं जो ख़ुद को चोट पहुंचाकर ख़ुश होते हैं। हम जानते हैं कि प्रसन्नता तनाव को ख़त्म करती है। हम यह भी बख़ूबी जानते हैं कि हंसी जितनी सस्ती और आसान चीज़ कुछ नहीं होती, पर फिर भी हम तनाव पैदा करने की कोशिश करते हैं, यह जानते हुए भी कि उससे हमें कितना नुक़सान हो सकता है। हमारा दिमाग़ हंसी और तनाव, दोनों पैदा कर सकता है। इसलिए ख़ुश रहिए और अपनी चिन्ताओं को दूर भगाइए।

हंसी प्रकृति की सबसे बढ़िया टॉनिक है। हंसकर हम हर लिहाज से अच्छा महसूस करते हैं। हंसी की किताबें पढ़ें। मज़ाक़िया लोगों से मिलें। मज़ाक़िया फ़िल्में देखें– चार्ली चैपलिन की फिल्मों से शुरुआत की जा सकती है। हंसने के लिए चुटकुले सुनें। मेरे कुछ दोस्त हैं रवि बहल जैसे जिनका नाम याद आते ही ख़ुद-ब-ख़ुद चेहरे पर हंसी की लहर दौड़ जाती है। उन लोगों की संगत से बचें जो हंसना ही नहीं

> **हंसी ही प्रार्थना है। यदि आप हंस सकते हैं तो आपने प्रार्थना की विधि जान ली है। गम्भीर मत बनें। सिर्फ वही व्यक्ति धार्मिक हो सकता है जो न केवल दूसरों पर बल्कि खुद पर भी हंस सकता है।**
>
> –ओशो

जानते। हंसमुख बनिए। अगर आप अपने पर हंस नहीं सकते तो कभी चुटकुला मत सुनाएं। आप तभी लोगों से चुटकुले सुनाने की उम्मीद कर सकते हैं, जब आप ख़ुद भी सुनाएं और उन पर दिल खोलकर हंसें। हंसी तो छूत की तरह है। थोड़ी-सी समझदारी भी इसके लिए काफ़ी है। लेकिन, फिर भी ऐसा क्यूं है कि छियासी फ़ीसदी लोग अपने जीवन की बोरियत ख़त्म करने के लिए हंसी के इन सीधे-सादे तरीक़ों को अपनाने से बचते रहते हैं?

मज़ा और हंसी का धर्म

इस अखिल विश्व में फैले तमाम धर्म-गुरुओं में श्रीकृष्ण ही ऐसे हैं जिन्होंने इस बात का उदाहरण पेश किया कि अमरत्व की आचार-संहिता (भगवद्गीता) प्रस्तुत करने के साथ-साथ नृत्य, संगीत और सुन्दर गोपियों के संग रास-रंग जैसे जीवन के सुन्दर पक्षों का भी आनन्द लिया जा सकता है। इसीलिए इस बात को लेकर कोई हैरानी नहीं है कि श्रीकृष्ण ही हिन्दुओं के सबसे लोकप्रिय भगवान हैं।

अपनी समझ से मैं यह जान पाया हूं कि अब तक जितने भी हज़ारों-हज़ार धर्म-गुरु हुए हैं, उनमें से ओशो ने ही श्रीकृष्ण के सन्देश को ठीक प्रकार से समझा; और हंसी, आनन्द तथा भलाई का सन्देश फैलाया। अपने हर उपदेश के अन्त में वे एक ऐसा चुटकुला ज़रूर सुनाते थे जिससे वहां मौजूद भीड़ ठहाके मारकर हंस पड़ती।

अन्य सभी उपदेशकों ने शुद्धतावाद पर ही ज़ोर दिया है और उनके सन्देश भी प्रायः नकारात्मक रहे, मसलन, यह मत करो, वह मत करो, प्रार्थना करो और जितना हो सके नीरस जीवन जियो। लेकिन ओशो ने ऐसा करने को कभी नहीं कहा। उनके अनुसार :

'अगर आप यह फ़ैसला कर लें कि हर वर्ष एक निश्चित समय पर एक घंटे के लिए पूरी दुनिया ठहाके लगाएगीं, तो मेरा मानना है कि इससे अंधकार, हिंसा और मूर्खताओं का आवरण छंट जाएगा। हंसी की एक

फ़ुहार ही जीवन को जीने लायक बनाने के लिए काफ़ी है। हंसी ही प्रार्थना है। यदि आपने हंसना सीख लिया तो आप प्रार्थना करना सीख गए हैं। गम्भीर मत बनें। गम्भीर इंसान कभी भी धार्मिक नहीं हो सकता। केवल वही व्यक्ति, जो हंस सकता है और जो जीवन के तमाशे और खेल को समझ सकता है, वही हंसी की फुहारों का आनन्द लेते हुए ज्ञान भी प्राप्त कर सकता है।'

उन्होंने उन लोगों का मज़ाक़ तक उड़ाया जो हंस नहीं सकते–'आपने गधों को हंसते हुए और भैंसों को चुटकुले सुनते हुए नहीं देखा होगा। सिर्फ़ इंसान ही हंस सकते हैं या चुटकुलों का मज़ा ले सकते हैं। इंसान की मेरी परिभाषा के मुताबिक़ वह हंसनेवाला जानवर है। कोई कम्प्यूटर हंसता नहीं, चींटी मुस्कुराती नहीं, मक्खी खिलखिलाती नहीं, सिर्फ़ और सिर्फ़ इंसान ही हंस सकता है। मैं यह नहीं कह रहा कि रोएं नहीं। सच तो यह है कि अगर आप हंस नहीं सकते तो आप रो भी नहीं सकते। ये दोनों साथ-साथ चलते हैं; ये सच्चाई और वास्तविकता का अनिवार्य हिस्सा हैं।'

हंसी ही मज़बूती लाती है। अब तो विज्ञान भी इस बात का समर्थन करता है कि हंसी दरअसल, प्रकृति द्वारा मनुष्यों को उपलब्ध कराई गई सबसे कारगर दवा है।

गुनगुनाने और खिलखिलाने के ठीक उलट है गम्भीरता। ओशो ने गम्भीरता का मजाक़ उड़ाते हुए कहा था–'मैंने कोई गम्भीर पेड़ नहीं देखा। गम्भीर पक्षी भी नहीं देखा। मैंने गम्भीर सूर्योदय कभी नहीं देखा। मैंने तारों भरी गम्भीर रात नहीं देखी। गम्भीरता बीमारी है। आध्यात्मिकता हंसी है, आनन्द है और मज़ा है।'

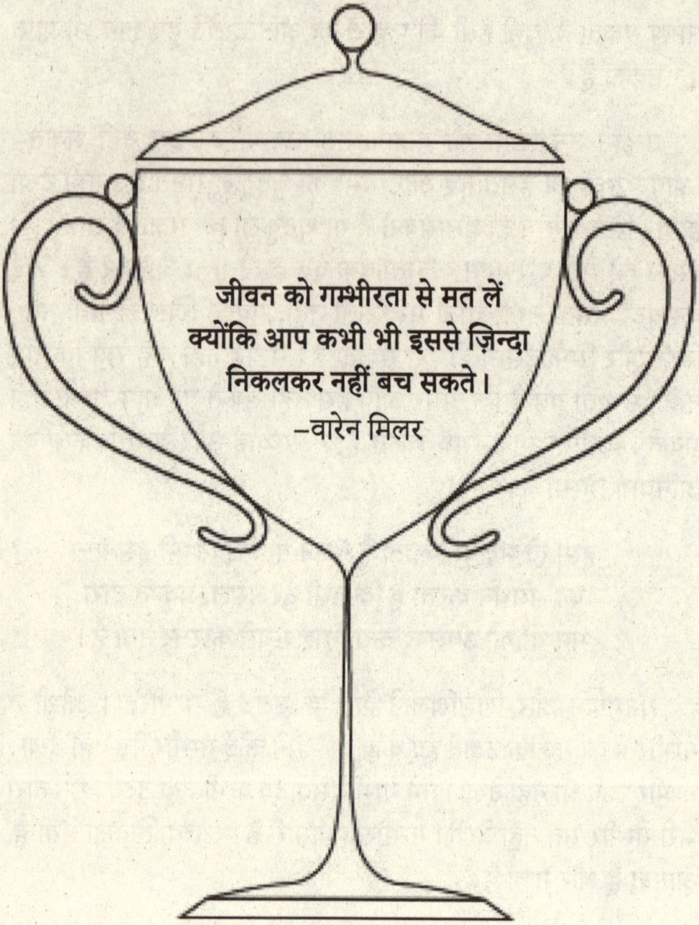

जीवन को गम्भीरता से मत लें क्योंकि आप कभी भी इससे ज़िन्दा निकलकर नहीं बच सकते।

–वारेन मिलर

5. कूड़ा-करकट साफ़ करें

सबसे बड़े आकार का कूड़ेदान अपने पास रखें

अपने 'थिंक टाइम' का इस्तेमाल समझदारी से करें। यह थिंक टाइम क्या है? इसे यूं समझिए कि वह समय जो काम करते समय या उसके दौरान आता है यानी सफ़र करने के दौरान का समय, सोने से पहले का समय, जागने के बाद का समय, शेविंग करते हुए, विभिन्न कार्यों के बीच का समय वगैरह-वगैरह। मैं इस थिंक टाइम का इस्तेमाल दिन-भर के अपने कार्यों की प्राथमिकता तय करने के लिए करता हूं।

मैं अपने दिमाग़ में उन बातों की एक लिस्ट तैयार कर लेता हूं जो मेरे दिमाग़ में उमड़-घुमड़ रही होती हैं। कभी-कभी मैं इन्हें लिख भी लेता हूं। फिर मैं दिमाग़ी तौर पर ही यह तय करता हूं कि इनमें से मैं क्या कर सकता हूं और क्या नहीं। मेरे पास 'मैं करूंगा' या 'मैं नहीं करूंगा' जैसी एक तरक़ीब है, ठीक वैसी ही जैसी कि क्वालिटी कंट्रोलवालों की होती है और इसी आधार पर मैं यह तय कर पाता हूं कि किस काम से मुझे ख़ुशी मिलेगी और कौन-सा काम मुझे तनाव देगा।

मैं दिन-भर में कई बार 'थिंक टाइम' ढूंढ़ निकालता हूं। यहां तक कि सोते समय भी मैं अपने 'तीसरे नेत्र' और अचेतन मस्तिष्क का इस्तेमाल करता हूं। अपनी गतिविधियों की प्लानिंग के लिए मैं सूझबूझ से काम

लेता हूं। पहले मुझे नींद देर से आती थी और मैं बिस्तर पर डेढ़-दो घंटे तक करवटें ही बदलता रहता था; लेकिन अब मैं जल्दी ही सो जाता हूं, कभी-कभी तो केवल छह मिनट में ही मैं अपने दिमाग़ से उन सभी फालतू बातों को निकाल देता हूं, जिनकी मुझे ज़रूरत नहीं पड़ती; दरअसल मैं अपनी ज़रूरतों के बारे में सोचना चाहता हूं, न कि अपने लोभ-लालच के विषय में। मैं कचरे की टोकरी का भी ख़ूब इस्तेमाल करता हूं–अपने घर और दफ़्तर, दोनों जगहों पर। मेरे दफ़्तर में जिस कचरे की टोकरी का मैं प्रयोग करता हूं वह शायद दुनिया में सबसे बड़े आकार की है–सौ लीटर का पी वी सी ड्रम। जिन काग़ज़ों की मुझे फ़िलहाल या बाद में ज़रूरत नहीं होती, उन्हें मैं फ़ाइल नम्बर तेरह में रख देता हूं या अपने दोस्तों-सहयोगियों को सौंपता हूं।

यदि आपके दिल में कड़वाहट है तो मुंह में रखी चीनी कुछ नहीं कर सकती।

रात में हम अपनी जेबों को ख़ाली करते हैं, और उनका सामान संभालकर रख देते हैं। इसी प्रकार मैं दिन-भर में कई बार अपने दिमाग़ में से उन बातों को निकाल बाहर कर देता हूं जो बेकार होती हैं और साथ ही उन तकलीफ़देह बातों को भी हटा देता हूं जो दूसरों ने मुझे कही होती हैं।

गीशा* को भूलो

मैं अक्सर इस रोचक कहानी के बारे में सोचता हूं :

दो भिक्षु बारिश में भीगते हुए चले जा रहे थे। जब वे एक छोटी नदी पर बनी क्रॉसिंग पर से गुज़र रहे थे तो उन्हें वहां एक सुन्दर, सुसज्जित गीशा दिखाई दी जो कीचड़ के कारण नदी पार नहीं कर पा रही थी। दोनों

* प्रशिक्षित जापानी नर्तकी

भिक्षुओं में से अधिक उम्रवाले भिक्षु ने बिना कुछ बोले गीशा को उठाकर दूसरी तरफ़ पहुंचा दिया।

शेष यात्रा में कम उम्रवाला भिक्षु अपने साथी से खिंचा-खिंचा रहा और अपनी मंज़िल पर पहुंचकर तो वह फट ही पड़ा–'तुमने उस सुन्दर, आकर्षक युवती को अपनी बांहों में लेने की बात सोची भी कैसे? क्या तुम नहीं जानते कि यह हमारी शिक्षा के ख़िलाफ़ है? यह सरासर ग़लत है।'

इस पर पहले भिक्षु ने जवाब दिया–'मैंने तो उसे उठाकर सड़क किनारे रख दिया था, मगर क्या तुम अब भी उसे ढो रहे हो?'

क्या हम भी 'उसे' वर्षों और कई दशकों तक अपने साथ नहीं ढोते? क्यों न हम ख़ुद की पड़ताल करें और ऐसी हज़ारों 'युवतियों' को डस्टबिन में फेंक दें?

'यह बीत जाएगा' चाहे अच्छा हो या बुरा। बच्चों से सीखें जिनकी एक आंख में आंसू और दूसरी में मुस्कुराहट होती है ! बच्चे अपने अपमान और कष्ट बहुत जल्दी भूल जाते हैं।

याद रखें कि सोचना-विचारना भी सांस लेने के समान ही स्वाभाविक-सी प्रक्रिया है। आप दुर्गन्ध में सांस नहीं लेते... तो फिर आसपास दुर्गन्ध होने पर सोचें भी नहीं। बोलना (मीठी जुबान से) और लिखना (सुनहरे पेन से) उस स्थिति में बहुत कठिन नहीं होता, जब इनके लिए आप पर्याप्त 'थिंक टाइम' निकालते हैं। अपने दिमाग़ में यह बात बिठा लें कि कोई भी स्त्री या पुरुष हमेशा भाग्यवान नहीं रहता। हम सभी उस पहिये के समान हैं जो लगातार घूमता रहता है और हर समय अच्छे या बुरे वक़्त के अलग-अलग रूप हमारे सामने लाता रहता है। यह याद रखने में ही समझदारी है कि भाग्य चाहे अच्छा हो या बुरा, गुज़र ही जाता है।

हर व्यक्ति अपनी किस्मत खुद लिखता है . . .
–एपियस कैशस,
ई. पू. चौथी सदी

इसलिए आगे से अपने अच्छे समय में सिर्फ़ मज़ा लूटें–शिकवा-शिकायत से दूर रहें।

मैंने आत्म-चिन्तन और आत्म-शक्ति की बदौलत आत्म-सम्मान की भावना अपने भीतर भरी है। मैं कभी भी इस बारे में नहीं सोचता कि मेरे बॉस, मेरे रिश्तेदार, मेरे दोस्त या सहयोगी मेरे बारे में क्या सोचते हैं। मैं जो हूं, सो हूं ! कोई भी मेरी अनुमति के बगैर मेरा अपमान नहीं कर सकता।

राज़ की बात यह है कि आप अपने काम की प्रकृति को बहुत अच्छी तरह जानें और लगातार सीखते, पढ़ते रहें तथा जब कभी आपका प्रदर्शन अपेक्षा से कम रहे तो पूरी शालीनता के साथ इसे स्वीकारें। जब आप ऐसा करेंगे तो न सिर्फ़ आपको माफ़ कर दिया जाएगा, बल्कि आपके कार्य-क्षेत्र में आपकी इज़्ज़त और बढ़ जाएगी। कोशिश करने की हिम्मत जुटाएं। आपको सचमुच आश्चर्य होगा। आप पाएंगे कि आपके डर 'अगर ऐसा हुआ तो' आशंकाएं-मात्र हैं !

6. सोचें

अधिकांश समस्याएं विचारों के अभाव में जन्म लेती हैं

समस्याएं हमारे सामने आती हैं ताकि हम सोचें। हमारे सामने परेशानियां आती ही क्यूं हैं? दरअसल, हमारी एक-तिहाई समस्याएं इसलिए हैं क्योंकि हम जीवित हैं और चल-फिर रहे हैं; शेष एक-तिहाई हमारी ख़ुद की पैदा की हुई होती हैं जबकि बाक़ी एक-तिहाई समस्याओं की जड़ में हमारा लोभ और अहम् होते हैं।

अब, अगर हमारे पास कोई जादुई छड़ी हो तो हम अपनी समस्याओं से निज़ात पा सकते हैं। यह जादुई छड़ी है हमारा नज़रिया।

जीवन को केवल समझने-भर से और उसकी समस्याओं पर विचार करने से ही आप अपनी परेशानियां कम कर सकते हैं। ऐसा तुरन्त नहीं किया जा सकता। धीरे-धीरे और एक-एक करके हर समस्या पर ग़ौर करें तथा उनके समाधान की दिशा में बढ़ते रहें।

किसी भी समस्या को सुलझाने की दिशा में पहला कदम उसे शुरू करना है।

याद रखें कि आपको 'सर्वश्रेष्ठ' को कभी भी 'श्रेष्ठ' का दुश्मन नहीं बनाना है। मामूली-सी समस्याओं को हल करने के लिए तो दूसरा या तीसरा सर्वश्रेष्ठ समाधान भी अच्छा ही होता है।

जीवन अच्छे पत्तों का पास में
होना नहीं है बल्कि उन
पत्तों की सही चाल चलने
का नाम है।

–जोश बिलिंग्स

मैं आपको अपने हाल के एक अनुभव के बारे में बताना चाहूंगा। मैं अमरीका में अपने बेटे और उसके परिवार के साथ छत्तीस दिन की छुट्टियां बिताकर लौटा था। जीवन में यह अपनी क़िस्म का अनूठा अनुभव था। लौटने पर मैंने ख़ुद को कई मोर्चों पर परेशानियों से घिरा हुआ पाया। मेरे परिवार में कई मौतें हुईं, बीमारियों ने हमला बोला, बिलों को अदा करने की समस्या थी, रुके हुए काम थे, तकाजे थे और डेडलाइन से पिछड़ने का भी दर्द था। कुछ दिन तक तो मैं इन सबसे हलकान रहा मगर फिर मैंने इन्हें एक-एक कर निपटाना शुरू किया। अपने दिमाग़ के परदे पर मैंने उस आवरग्लास की तस्वीर देखी जिसमें से एक बार में सिर्फ़ एक कण ही निकल सकता है, और मैंने इसे अपनी समस्याओं पर लागू किया। इस प्रकार मैं एक दिन में दस से पन्द्रह समस्याओं को हल करने लगा। और एक माह के भीतर मैंने अपने इकट्ठा सभी कामों को निपटा डाला।

जब एक साथ कई परेशानियां मिलकर आप पर दबाव बढ़ाने लगें तो आप इन्हें आजमाएं :

- सोचें-विचारें... कि इन परेशानियों को हल करने का कोई बेहतर तरीक़ा ज़रूर होगा। ऐसे में कौए और घड़े की कहानी को याद करने से मदद मिलेगी। ऐसी ही अन्य कहानियों और घटनाओं को दोहराएं।

- पूछें, पूछें... पूछें अपने-आप से और दूसरों से कि कैसे बेहतर तरीक़े से काम पूरा किया जा सकता है। हो सकता है कि कई बार किसी-किसी काम को पूरा करने की बजाय उसे किसी दूसरे काम के साथ मिला देना बेहतर हो। इस बात को न भूलें कि मूर्खतापूर्ण प्रश्न भी आपको सीख दे सकते हैं और व्यावहारिक हल सुझा सकते हैं।

- तत्काल काम करना शुरू करें। मत भूलें कि किसी भी समस्या को हल करने की दिशा में पहला क़दम उसे शुरू करना होता है। मैं मानता हूं कि यह पहला क़दम उठाना ही काफ़ी मुश्किल होता है, लेकिन ऐसा

करके ही आप टाल-मटोल की आदत से बच सकते हैं। दरअसल, टालने की प्रवृत्ति अपने-आप में एक बीमारी या समस्या है। सबसे पहले तो अपनी समस्याओं की प्राथमिकता-सूची बनाएं। कम महत्त्वपूर्ण काम दूसरों को सौंप दें, मगर इस बात पर पूरी नज़र रखें कि वे किए जा रहे हैं।

अंधेरे के पीछे उजाला हमेशा होता है, बशर्ते आप समस्याओं को बेहाल कर डालें और अवसरों का लाभ उठाने से नहीं चूकें। हर समस्या के कई-कई समाधान होते हैं और ये समाधान अवसरों की तरफ़ इशारा करते हैं।

एम यानी समस्याओं का विलय (मर्जर)
आई यानी समाधानों में सुधार (इम्प्रूव)
एस यानी सरलीकरण (सिम्पलिफिकेशन)
ई यानी तनावपूर्ण तौर-तरीके खत्म करना (एलिमिनेट)
आर यानी तनाव घटाना (रिड्यूस)

कोलम्बस जब भारत तक पहुंचने के एक बेहतर समुद्री मार्ग की खोज पर निकला था तो 'नई दुनिया' की खोज में ही उसे उजाले की लकीर दिखाई दी थी।

अपने तईं मैं, समस्याओं को हल करने के लिए अंग्रेज़ी के शब्द 'माइजर'(कंजूस) की अवधारणा का पालन करता हूं। इस शब्द का 'एम' है 'मर्ज' अर्थात घुल जाना, 'आई' है 'इम्प्रूव' यानी सुधार करना, 'एस' है सिम्पलिफाई यानी सरलीकरण, 'ई' है एलिमिनेट अर्थात नष्ट करना और 'आर' है रिड्यूस यानी कम करना। 'माइजर' की अवधारणा उस छलनी के समान है जिसमें से समस्याओं को गुज़ारने पर वे कम हो जाती हैं। यह नियम काम करते हुए भी और ख़ाली वक़्त में भी लागू होता है। कोई भी इस फ़ार्मूले को अपना सकता है।

मैं सलाह दूंगा कि आप आगे बढ़ें।
पहला क़दम उठाएं !
मेरी शुभकामनाएं।

7. ख़ुद से शुरूआत करें

दूसरों को बदलने से पहले ख़ुद को बदलें

बदलाव के बारे में मैं इन पंक्तियों को बिल्कुल सही पाता हूं :

आप किसी को बदल नहीं सकते।
आप अपने पिता को नहीं बदल सकते,
न ही अपनी माता और पत्नी को,
अपने भाई और बहन को भी नहीं,
अपने पुत्र को नहीं, अपनी पुत्री को नहीं,
यहां तक कि अपने बॉस को भी नहीं !
लिहाज़ा, पहले ख़ुद को ही बदल डालें।

मैं अपने मामले में इसे बिल्कुल सही मानता हूं। मैंने हरेक को बदलने की कोशिश की मगर निराशा ही हाथ लगी। लेकिन अचानक एक दिन, शायद इसलिए कि मैं पहले स्वयं को प्रसन्न रखने के उपाय तलाशता रहता हूं, 15 अक्टूबर, 1986 के दिन, जब मैं पूरे पचास वर्ष का हुआ तो मैंने ख़ुद को ही बदलने का फ़ैसला किया। मैंने महसूस किया कि दूसरों के साथ लड़ने-झगड़ने और इस प्रक्रिया में अपने-आप को तनावपूर्ण बनाने से कोई फ़ायदा नहीं।

आपको राजा ब्रूस बनने की ज़रूरत नहीं है जो बार-बार कोशिश

जीवन की त्रासदी यह नहीं है
कि यह बहुत जल्दी सिमट जाता
है, बल्कि यह है कि हम इसकी
शुरुआत करने में ही बहुत
लम्बा वक़्त गुज़ार देते हैं।

–डब्ल्यू. एम. लुईस

करता रहा था; बल्कि पीटर एफ़. ड्रकर बनें जो कहते हैं कि एक-दो बार प्रयास करें और यदि तब भी कुछ हासिल न हो तो कुछ और करें। हर बात को जीवन-मृत्यु का प्रश्न समझने की कोई तुक नहीं है।

हो सकता है कि मैं ग़लत होऊं, लेकिन मैंने महसूस किया है कि इस नज़रिये से मैं अपने तनावों और दबावों को काफ़ी हद तक कम करे में क़ामयाब रहा हूं। परिवर्तन के बारे में अपने दोस्त डॉ. मनमोहन सिंह लूथरा से भी मुझे एक अच्छा विचार मिला :

हे प्रभु ! मुझे उन बातों को स्वीकारने का धैर्य दे
जिन्हें मैं बदल नहीं सकता,
हिम्मत दे, उन बातों को बदलने की, जिन्हें मैं
बदल सकता हूं,
और इन दोनों के अन्तर को समझने की बुद्धि दे।

कई वर्ष पहले मैंने मिनियापोलिस टाइम्स में पढ़ा था कि हम ख़ुद को बदलने की बजाय अक्सर अपनी जॉब, अपने दोस्तों और यहां तक कि जीवनसाथी को बदलते हैं। अब जॉब बदलने की बात को ही लें। हममें से कई अपनी जॉब या व्यापार से ख़ुश नहीं हैं। ऐसा इसलिए है क्योंकि हम अपने संगठन, जॉब और बॉस की आवश्यकताओं के मुताबिक ख़ुद को नहीं बदल पाते। उस स्थिति में हम अन्त में ख़ुद को ठगा हुआ और नाख़ुश पाते हैं।

बॉस के बारे में मेरा मानना है कि वह ऐसा व्यक्ति होता है जो एक मीठे शब्द और एक बन्दूक से काम कराता है। आमतौर पर बॉस भले इंसान होते हैं–लेकिन सभी की अपनी-अपनी शैली होती है। बॉस जितना बड़ा होगा, उतनी ही बेहतर उसकी पिस्तौल होगी–चांदी, सोने या हीरे से भरी पिस्तौल। मैं जब भी छिपाकर रखी इस पिस्तौल को देखता हूं तो उसके मुताबिक़ खुद को बदल लेता हूं। यह सिद्धान्त सभी मानवीय-रिश्तों पर भी लागू होता है जैसे, ग्राहक हमेशा सही होता है, सरकारी अधिकारी

हमेशा सही होता है और पत्नी भी सदा सही होती है, वगैरह-वगैरह।

मेरे बदलते ही मेरी पत्नी बदल गई

मैं पिछले पच्चीस वर्षों से अपनी पत्नी को बदलने की कोशिश करता रहा हूं—दूसरों की तरह मुझे भी उम्मीद रही कि मैं ऐसा कर पाऊंगा। फिर एक शुभ दिन मैंने अपने मौन को ध्यान से पच्चीस मिनट तक सुना और ख़ुद को ही बदलने का फ़ैसला कर लिया।

मैंने महसूस किया कि मैं दुनिया को नहीं बदल सकता, अपने बेटे, बेटियों, अपने सहयोगियों, अपने डीलरों, अपने दोस्तों को भी नहीं, तो आख़िरकार मैंने अपने-आप को ही बदलने का फ़ैसला कर डाला और इस प्रकार मैंने वह सब हासिल कर लिया है, जिसे मैं हमेशा से पाना चाहता रहा हूं!

8. दीवार पर आईना और बस आईना टांगें

अपनी तुलना सिर्फ़ ख़ुद के साथ करें

अगर आप ज़िन्दगी का सच्चा सुख भोगना चाहते हैं तो अपनी तुलना दूसरों के साथ नहीं बल्कि केवल अपने ही साथ करें। दूसरों के साथ तुलना करें भी तो सिर्फ़ उनके साथ ही, जो आपसे कम भाग्यशाली हैं। इससे फ़ायदा होगा। मैंने बहुत साल पहले यह जाना था कि जीवन के सुख बहुत सस्ते भी हो सकते हैं और बेहद महंगे भी। नज़रिया सही हो तो हर चीज़ सुखदायक हो सकती है। शाम को घर पहुंचने पर मुझे अपने छोटे-से एयरकंडीशंड कमरे में एक प्याली चाय और मक्खन लगी तीन स्लाइस का इन्तज़ार रहता है। मैं अपने उन दोस्तों की तरफ़ से ध्यान हटा लेता हूं जो मुझसे बेहतर स्थिति में हैं। कुछ साल पहले मेरे पास एयरकंडिशनर नहीं था, मगर अब है और मैं इस छोटे-से सुख का पूरा मज़ा लूट रहा हूं।

हम तनाव में उस समय आते हैं, जब हम दूसरों से अपनी तुलना करते हैं। मेरे हिसाब से यह सरासर बेवक़ूफ़ी है। मैंने कई वर्ष पहले यह बात उस समय जानी, जब मैं ट्रैक्टरों की मार्किटिंग का काम देखता था। अपने सामान की दूसरों के साथ तुलना करना बहुत सामान्य-सी बात है। हालांकि हम दूसरे के मुक़ाबले अपने उत्पाद की तारीफ़ों के पुल बांधते हैं

झींकना कम करें, सांस ज़्यादा लें;
बातें कम, कहें ज़्यादा;
घृणा कम, प्यार ज़्यादा;
और हर अच्छी चीज़
आपकी होगी।

–स्वीडन की एक
कहावत

मगर हम अन्दर से पूरी तरह सन्तुष्ट नहीं होते, क्योंकि हम असलियत जानते हैं। मसलन, एस्कोर्ट्स ट्रैक्टरों के मामले में मुझे पता था कि मूल परेशानी की जड़ क्या है और ग्राहकों तथा डीलरों ने मुझे क्या-क्या बताया था। मैं इन समस्याओं की एक लम्बी सूची तैयार कर सकता था जो नकारात्मक ही होती। लेकिन अपने प्रतियोगियों के उत्पाद के मामले में तो मुझे उनकी समस्याओं की क़तई जानकारी नहीं थी।

यही बात पति-पत्नी पर भी लागू होती है। मैं अपनी पत्नी की कमियां जानता हूं और उसकी एक लम्बी-चौड़ी लिस्ट बना सकता हूं। क्या अपनी पत्नी की तुलना उन लोगों की पत्नियों से करना, जिन्हें मैं नहीं जानता, मेरी मूर्खता नहीं होगी? यदि मैं ऐसा करता हूं, जो अक्सर हम करते भी हैं, तो उससे मेरे नकारात्मक दृष्टिकोण के बारे में पता चलेगा। यही सिद्धान्त बेटों, बेटियों, बॉस, नौकरियों, व्यापार आदि सब पर लागू होता है।

मान लीजिए कि आपका छह साल का बेटा है जिसके पिचासी प्रतिशत नम्बर आए हैं। पिछले सत्र में उसने बयासी प्रतिशत अंक लिए थे। अब यह आप पर है कि आप इस बात से ख़ुश होते हैं या ग़ुस्से से भर जाते हैं।

तो क्या किया जाए? बड़ी आसान-सी बात है। अपनी तुलना अपने-आप से और सिर्फ़ अपने-आप से ही करें। आप ख़ुद पर नियन्त्रण रख सकते हैं। और आप हर घंटे, हर दिन, हर सप्ताह, हर महीने ऐसा कर सकते हैं।

मसलन, मेरा वज़न तिरानवे किलोग्राम है। अगर मैं अपनी तुलना अपने दोस्त जुगल भंडारी से करूं तो यक़ीनन मुझे तनाव घेर लेगा। इसलिए मैं भरपूर प्रयास करता हूं कि मेरा वज़न तिरानवे किलोग्राम से अधिक न हो पाए। और मैं इसे घटाने की भी कोशिश करता हूं मैं अपनी तुलना सिर्फ़ अपने साथ करता हूं। है न आसान ! क्यूं, है न !

हम कैसे कर रहे हैं और दूसरे कैसे कर रहे हैं, यह तुलना ख़तरनाक हो सकती है। तुलना करने से असुरक्षा घेरती है, लेकिन इसके बावजूद हम अपने बच्चों की तुलना अपने दोस्तों, सहयोगियों और सम्बन्धियों के बच्चों से करते रहते हैं। नतीजा यह होता है कि हम एक पल में तो सातवें आसमान पर जा बैठते हैं और दूसरे ही क्षण हमें हीन भावना आ घेरती है। मैं उस दिन को नहीं भूलता जब मैं छत्तीस एस्कोर्ट्स डीलरों के ग्रुप लीडर के तौर पर तीस दिन की शानदार अमरीकी यात्रा (जो बतौर इंसेंटिव मिली थी) से लौटा था और मैंने अपनी पत्नी से कहा था–'मैं कितना क़िस्मतवाला हूं!' मगर अगले ही पल मेरी पत्नी का जवाब आया–'इसमें क्या बड़ी बात है, हर साल कितने ही पति अपनी पत्नियों को अमरीका की सैर कराते हैं!' हालांकि मैं अब भी एस्कोर्ट्स कम्पनी का शुक्रिया अदा करता हूं कि उसने मुझे यह मौक़ा दिया, मगर दूसरी तरफ़ मेरी पत्नी है जो कहती है कि 'यह कौन-सी बड़ी बात है'। नतीजा यह है कि मैं ख़ुश हूं, लेकिन मेरी पत्नी इसे कोई महत्त्व नहीं देती। वह दूसरों के साथ अपनी तुलना जो करती है।

जब भी मुझे निराशा घेरने लगती है तो मैं अपने जीवन में हासिल किए गए स्वर्ण पदकों के बारे में सोचने लगता हूं और मेरी निराशा काफ़ूर हो जाती है। मैंने पिछले कुछ वर्षों के दौरान कुल मिलाकर ऐसे तीस गोल्ड मेडल बटोरे हैं! यदि कभी भूले-भटके मैं तुलना करता भी हूं तो अपने उन दोस्तों के साथ ही करता हूं जो अपनी कम्पनी के ख़र्चे पर आज तक गुड़गांव या गोरेगांव तक भी नहीं जा पाए हैं। इससे भी अधिक बुरा तो उनके दोस्तों के बारे में सोचने पर लगता है जिन्हें नियमित रूप से तनख़्वाह भी नहीं मिलती।

इसलिए अगर आप विजेता बनने की चाह रखते हैं तो दूसरों के साथ अपनी तुलना बन्द करें और यदि तुलना करना चाहें भी तो केवल अपने साथ ही करें। यदि दूसरों के साथ ही तुलना करना चाहते हैं तो अपने से निचले स्तर पर खड़े लोगों के साथ करें, जबकि अपने से ऊंचे स्तरवालों

के साथ उसी सूरत में तुलना करें जब आप काफ़ी समझदार हो जाएं। हमेशा इस बात का ध्यान रखें कि तारों की ख़्वाहिश करने पर यह ज़रूरी नहीं है कि आपको वे मिल ही जाएं, मगर इतना भी तय है कि कम-से-कम धूल तो हाथ नहीं लगेगी।

चुप रहने के लिए किसी दबाव
में न आएं। अपने-आप को शिकार
मत बनने दें। अपने जीवन की
दूसरों द्वारा तय की गई परिभाषा
बिल्कुल स्वीकार न करें; स्वयं
को खुद परिभाषित करें।

–हर्वे फियर्स्टीन

9. ख़ुद को प्यार करें

अपना ताज अपने ही सिर पर पहनें

अक्सर हम यही सोचते रह जाते हैं कि अगर हम एग्ज़ाम में फेल हो गए तो दूसरे लोग हमारे बारे में क्या सोचेंगे; या वे हमारी ख़राब ड्रेस और बेतरतीब बालों को देखकर क्या कहेंगे।

कोई क्या कर सकता है? दरअसल, इस मामले में हमारे सिवाय कोई दूसरा कुछ भी नहीं कर सकता। मैं इसे आपके लिए और स्पष्ट करता हूं।

गणेश जी की तस्वीर अपने ध्यान में लाएं। गणेश जी के सिर पर एक ताज है, जैसा कि आप जानते हैं कि सदियों पहले यह हमारे पहनावे का हिस्सा था, बाद में पगड़ी ने उसका स्थान ले लिया, फिर हैट ने, वगैरह-वगैरह। यह आत्म-प्रतिष्ठा का सूचक है। आज के दौर में हमें अपना ताज अवश्य पहनना चाहिए, भले ही वह सोने का हो या चांदी का अथवा काग़ज़ का ही क्यों न हो।

अपना आत्म-सम्मान कभी मत खोएं क्योंकि एक बार अगर आपने उसे खो दिया तो आपका सबकुछ खो जाएगा। जो ख़ुद अपनी इज़्ज़त नहीं कर सकता, उसे दूसरों से भी इज़्ज़त पाने की अपेक्षा नहीं रखनी चाहिए।

समझदार आदमी की निगाह में असफलता नीचे गिरना नहीं है, बल्कि नीचे पड़े रहना है। असफलता सपनों का अन्त नहीं, बल्कि शुरुआत है। यदि आप नए विचारों को ग्रहण करना जानते हैं तो नाक़ामयाबी ही आपको क़ामयाबी का मन्त्र देती है। कोई इंसान कई बार असफल हो सकता है, लेकिन वह तब तक सही मायने में नहीं हारता, जब तक कि अपनी असफलताओं के लिए वह दूसरों को दोषी न मानने लग जाए।

इस दुनिया में एक ऐसा आदमी भी हुआ है जो ऊपर कही गई हर बात को मानता था और जो इनका अनुसरण करनेवाले लाखों लोगों के लिए मिसाल बना। उसका नाम था अब्राहिम लिंकन। जी हां, वही लिंकन जो कई बार असफलताओं का स्वाद चखने के बाद इक्यावन वर्ष की आयु में अमरीका के राष्ट्रपति निर्वाचित हुए थे। लिंकन का परिचय इस प्रकार है :

आयु 22 वर्ष – व्यापार में असफल

23 वर्ष – विधायिका के चुनाव में हार

24 वर्ष – व्यापार में दोबारा असफल रहे

25 वर्ष – विधायिका के लिए निर्वाचित

26 वर्ष – प्रेयसी की मृत्यु

27 वर्ष – नर्वस ब्रेकडाउन

29 वर्ष – स्पीकर के चुनाव में हार

31 वर्ष – इलेक्टर के चुनाव में असफल

34 वर्ष – कांग्रेस के चुनाव में हार

37 वर्ष – कांग्रेस में निर्वाचित

39 वर्ष – कांग्रेस के चुनाव में हार

46 वर्ष – सीनेट के चुनाव में हार

47 वर्ष – उप-राष्ट्रपति का चुनाव हारा

49 वर्ष – सीनेट के चुनाव में हार

51 वर्ष – अमरीका के राष्ट्रपति निर्वाचित

अब्राहिम लिंकन ने इस बात की परवाह कभी नहीं की कि लोग उनकी असफलताओं के बारे में क्या कहेंगे। यहां तक कि जब वे राष्ट्रपति चुन लिए गए, तब भी लोगों ने उनकी आलोचना करना नहीं छोड़ा। इस पर लिंकन का जवाब था–'कोई भी व्यक्ति राष्ट्रपति बनने के सर्वथा योग्य नहीं होता, मगर कोई-न-कोई तो राष्ट्रपति बनता ही है।'

लिंकन ने निश्चित तौर पर यह माना होगा कि असफलता उस व्यक्ति के लिए अच्छा अवसर है जिसने अपने आत्म-सम्मान को बनाए रखा है। लिंकन की तरह सोचने और ख़ुश रहने से ही आपको ख़ुशियां हासिल होंगी। आपको इस बात की चिन्ता नहीं करनी है कि दूसरे लोग आपकी असफलताओं के बारे में क्या सोचेंगे; वे तो अपनी ही नाक़ामयाबियों को लेकर व्यस्त हैं ! सफलता की राह में आगे बढ़ाया गया हर क़दम आपको प्रसन्नता देगा बशर्ते आपने रचनात्मक तरीक़े से ऐसा किया हो। यह मत भूलें कि ख़ुशियों की उम्र बहुत कम होती है, यदि आप इन्हें दीर्घायु बनाने की कोशिश न करें तो ! सर्जनात्मक ढंग से अपने छोटे-छोटे लक्ष्यों को हासिल करते चले जाने से आपको ख़ुशी मिलेगी, क्योंकि आपके पास आत्म-आलोचना के लिए समय नहीं है।

रचनात्मक तरीक़े से चिन्तन तभी मुमकिन है, जबकि आपका आत्म-सम्मान सुरक्षित है। जीवन में आप लोगों का तथा अन्य सभी आलोचकों का आसानी से सामना कर सकते हैं। आपकी अपनी छवि आपके दिमाग़ में ही बसी है। आपकी इस छवि में इस सूरत में सुधार होता है, जबकि आपके अच्छे पारिवारिक सम्बन्ध हैं, अच्छे नैतिक स्तर हैं, अच्छे मित्र हैं, पर्याप्त धन-दौलत है, जब आप अपनी आजीविका से प्यार करते हैं और अपने धर्म के अनुरूप चलते हैं, वगैरह-वगैरह !

दूसरों की मदद करते हुए अपना आत्म-सम्मान बढ़ाएं। जब कभी आपको नकारा जाता है तो वास्तव में, आपको नहीं बल्कि आपके काम या गतिविधि को नकारा जा रहा होता है। इस अस्वीकार का विश्लेषण करें। मैं कर सकता हूं, मैं कर सकता हूं–जैसे विचार आपकी छवि में हमेशा सुधार करेंगे। आप रातों-रात ऐसा नहीं कर सकते, बल्कि यह एक बहुत ही धीमी प्रक्रिया है। मगर हिम्मत न हारें। कोई भी आपकी अनुमति के बगैर आपको हीन नहीं बना सकता। अपनी छवि को सुधारने और अपना तनाव कम करने के कई सौ तरीक़े हो सकते हैं।

मेरा आत्म-सम्मान मेरे लिए काफ़ी महत्त्वपूर्ण है। मैं यह सुनिश्चित करता हूं कि मैं ज़्यादा-से-ज़्यादा वक़्त अपने बारे में अच्छा महसूस करूं। मैं पिछले वर्षों के दौरान अर्जित अपनी सफलताओं को याद करता हूं। सच तो यह है कि मैं इन सफलताओं की सूची हर समय तैयार रखता हूं।

सकारात्मक दृष्टिकोण अपनाने से फायदा होता है। अपने नज़रिये को जानने के लिए मूड-मीटर का इस्तेमाल करें। यह ऐसा उपकरण है जिसे आप खुद तैयार कर सकते हैं, उस पर सकारात्मक और नकारात्मक कारक अंकित करते हुए। यह सुनिश्चित करें कि आप सकारात्मक रहेंगे और तब आप आगे, आगे और आगे बढ़ते चलेंगे।

मैं हमेशा मूड-मीटर का इस्तेमाल करता हूं। यह मूड मापने का पैमाना है। आप नकारात्मक विचारों को अपने दिमाग़ में घुसने की इजाज़त नहीं देकर अपना मूड ख़राब होने से बचा सकते हैं और विपरीत परिस्थितियों में भी अवसर जुटा सकते हैं।

मैं स्वयं से बतियाता हूं। यदि मेरे पास अपने बारे में बताने को कुछ भी अच्छा नहीं होता तो मैं अपना मुंह बन्द ही रखता हूं! हालांकि ऐसा करना आसान नहीं होता, मगर ऐसा करना ही ठीक होता है।

हमेशा याद रखें कि जब आप अपने बारे में अच्छा महसूस करते हैं तो आप अपनी नज़रों में अपनी छवि को और अच्छा बनाते हैं और इससे आपका तनाव भी घटता है। क्यूं? क्योंकि आप अपने दिमाग़ में एक बार में एक विचार ही ला सकते हैं। कोशिश करें ! यदि आप ताजमहल के बारे में विचार कर रहे होते हैं तो क्या आपको यह याद रहेगा कि रमेश ने लंच में किस बात पर आपको ताना मारा था? कई वर्ष पहले मैंने सड़क दुर्घटना में घायल एक व्यक्ति को होली फ़ैमिली अस्पताल पहुंचाया था। मैं जब भी इस बारे में सोचता हूं तो मुझे अच्छा महसूस होता है कि मैंने एक नेक काम किया था।

आप अपने आस-पड़ोस में समाज-सेवा के जरिये ऐसा कर सकते हैं। आपको यक़ीनन अच्छा महसूस होगा।

कुछ वर्ष पहले की बात है। मेरी पत्नी स्ट्रीटलाइटों, सड़कों पर घूमते सुअरों और चौकीदार को लेकर हर वक़्त गुस्साती रहती थीं। मैंने उन्हें अपने ब्लॉक का प्रतिनिधि बनने के लिए प्रोत्साहित किया। अब वह हर रोज़ औसतन एक घंटे का समय इस तरह की परेशानियों को दूर करने के लिए फ़ोन आदि पर गुज़ारती हैं। मैंने पाया है कि इससे मेरी पत्नी अपना तीस फ़ीसदी तनाव कम कर सकी हैं ! और अब उन्हें शिकायत करने या मुझ पर और हमारी बेटियों पर झुंझलाने का ज़्यादा वक़्त नहीं मिल पाता ! विश्वास करें, अगर आपकी नज़रों में आपकी छवि अच्छी है तो आपका तनाव का स्तर भी कम होगा।

कर्म करने से हमेशा खुशी हासिल हो, यह ज़रूरी नहीं लेकिन बिना कर्म किए तो खुशी मिल ही नहीं सकती।

वही करें जिसे आप उचित समझते हैं।

इस बात की चिन्ता छोड़ दें कि लोग क्या कहेंगे. . . समीक्षक क्या कहेंगे . . . सहयोगी क्या कहेंगे . . . पड़ोसी क्या कहेंगे। ये तो आपको आगे बढ़ने से रोकनेवाले विचार-भर हैं। यहां उस बाप-बेटे की कहानी

याद करें जो अपने गधे को लेकर बाज़ार जा रहे थे। वे लोगों की बातों से इस हद तक दिग्भ्रमित हुए कि दोनों में से कोई भी गधे पर सवार नहीं रह सका। वही करें जो आपको सही लगता हो या जिसे आप उचित समझते हों। याद रखें कि आप अपने ग़लत निर्णय को उसी वक़्त बदल सकते हैं जब यह विचार आपके मन में आएगा कि आपने ग़लत किया है। लेकिन यदि आप कोई फ़ैसला ही नहीं लेंगे तो आप भविष्य में अपनी निर्णय-क्षमता में कैसे कोई सुधार कर पाएंगे?

10. प्रार्थना करें

प्रार्थना करने से हमेशा सुकून मिलता है। लगातार की गई प्रार्थनाओं से अक्सर ही सहारा मिलता है। आप 'ओम' या 'एक' कुछ भी कह सकते हैं और अपने मस्तिष्क से हज़ारों विचारों को बाहर निकाल सकते हैं। तब आप उस एक घंटे या दिन में उस काम पर अपना ध्यान केन्द्रित कर सकेंगे जिस पर आप ध्यान लगाना चाहते हैं। ध्यान से आप एक-एक कर अपने सभी काम पूरे कर सकते हैं और आपका दिमाग़ भी ख़ाली हो पाता है ताकि आप ज़्यादा साफ़ तरीक़े से चीज़ों को देख सकें।

मैं अपनी एक मिनटवाली प्रार्थना को आपके साथ बांटना चाहता हूं। मैं कहता हूं–'भगवान जी, मेरे पास वह सबकुछ है जो मुझे चाहिए। उस सबके लिए धन्यवाद। जो मेरे पास नहीं है उसकी आवश्यकता भी मुझे नहीं है। मैं सच कह रहा हूं। मुझे स्वास्थ्य दें, बुद्धि दें और दूसरों के लिए कुछ कर पाने की सामर्थ्य तथा हिम्मत दें। मेरे प्रियजनों को भी ये सब दें . . .' मैं उन लोगों के नाम भी लेता हूं। ऐसा करके मैं चिन्ता-मुक्त हो जाता हूं। मैं ख़ुद को सुझाव दे पाता हूं। मैं स्वार्थी नहीं बनना चाहता। मैं अपने दिमाग़ को सकारात्मक

जो आपके पास है उसके साथ खुश रहें और साथ ही जो आप चाहते हैं, उसे पाने की दिशा में प्रयास जारी रखें।

पोषण देता रहता हूं क्योंकि वही असली ख़ुशी का स्रोत है। मैं जानता हूं कि जो कुछ मैं पाना चाहता हूं, उसके लिए मुझे मेहनत करनी होगी। मुफ्त में लंच नहीं मिलता।

मैं उन लोगों को भी जानता हूं जो पन्द्रह से नब्बे मिनट पूजा-अर्चना और उससे सम्बन्धित औपचारिकताओं में गुज़ार देते हैं। वे अपना तनाव और क्रोध कम करने के लिए मनकों का प्रयोग करते हैं। कुल-मिलाकर मुख्य ध्येय अच्छा सोचना-विचारना होता है, ताकि आपके ख़याल सकारात्मक बन सकें। यह जानें कि आपको कौन-सी विधि जंचती है और फिर अपनी परिस्थितियों के मुताबिक़ ही प्रार्थना का तौर-तरीक़ा तय करें।

अपने सौभाग्य पर इतराएं

दिन-भर में कई बार मैं ख़ुद के सौभाग्यशाली होने के बारे में सोचता हूं। कभी मैं ईश्वर का इसलिए धन्यवाद करता हूं कि मुझे ओपन हार्ट सर्जरी नहीं करवानी पड़ी। अगर मुझे करवानी पड़ेगी तो भी मैं भगवान का शुक्रिया अदा करूंगा क्योंकि मुझे डायबिटीज़ नहीं है। यदि ऐसा हुआ तो भी मैं ईश्वर को धन्यवाद दूंगा, क्योंकि उस सूरत में मैं एस्कोर्ट्स हार्ट इंस्टीट्यूट एंड रिसर्च सेंटर में 150,000 रुपये में यह ऑप्रेशन करवा सकूंगा और एस्कोर्ट्स इस ख़र्च को उठाएगा। मैं इस कारण से भी ख़ुश होऊंगा, क्योंकि उस स्थिति में मेरे दोस्तों और सहयोगियों का साथ मुझे मिलेगा।

यह तो हुआ एक दृश्य। आप अपनी परिस्थितियों के अनुसार ऐसे अन्य कई दृश्यों की कल्पना कर सकते हैं। लब्बो-लुआब यह है कि बुरे समय में भी सकारात्मक विचार पैदा करें।

याद रखें, ख़राब समय ज़्यादा देर नहीं टिकता, लेकिन ख़राब लोग अवश्य लम्बे समय के लिए बने रहते हैं।

11. कर्म योग

छोटे कार्य महानता के साथ करें

हममें से हरेक महान बनना चाहता है, हर कोई सबसे आगे रहना चाहता है और इतिहास बनाना चाहता है। हालांकि हम सभी जानते हैं कि यह सम्भव नहीं है। नतीजा होता है–निराशा और असफलता, तनाव तथा दिल-दिमाग़ पर बढ़ता बोझ।

हमेशा याद रखें कि बहुत कठिन समस्याओं के हल बेहद सरल होते हैं। स्वयं अपने बारे में कई वर्ष पहले मुझे यह समझ में आ गया था कि मैं न बुद्धू हूं और नहीं बहुत बुद्धिमान। मैं औसत व्यक्ति से ज़रा बेहतर हूं क्योंकि मैं एक प्रबन्धक होने के साथ-साथ सफल लेखक भी हूं ! तब मैंने तय कर लिया कि मैं भले ही महान नहीं बन सकता, लेकिन मैं छोटे-छोटे काम बढ़-चढ़कर करूंगा। इस प्रक्रिया में व्यस्त होने के बाद मेरे पास तनाव के लिए समय ही नहीं होगा। मैं चाहता हूं कि मैं हमेशा ऐसा ही करूं और मुझे सन्तोष है कि मैं इस सही रास्ते पर चलते रहने की भरपूर कोशिश करता हूं।

हम सभी महान नहीं हो सकते और न ही सभी महान कार्य कर सकते हैं। हम छोटे-छोटे कार्य महानता के साथ कर सकते हैं।

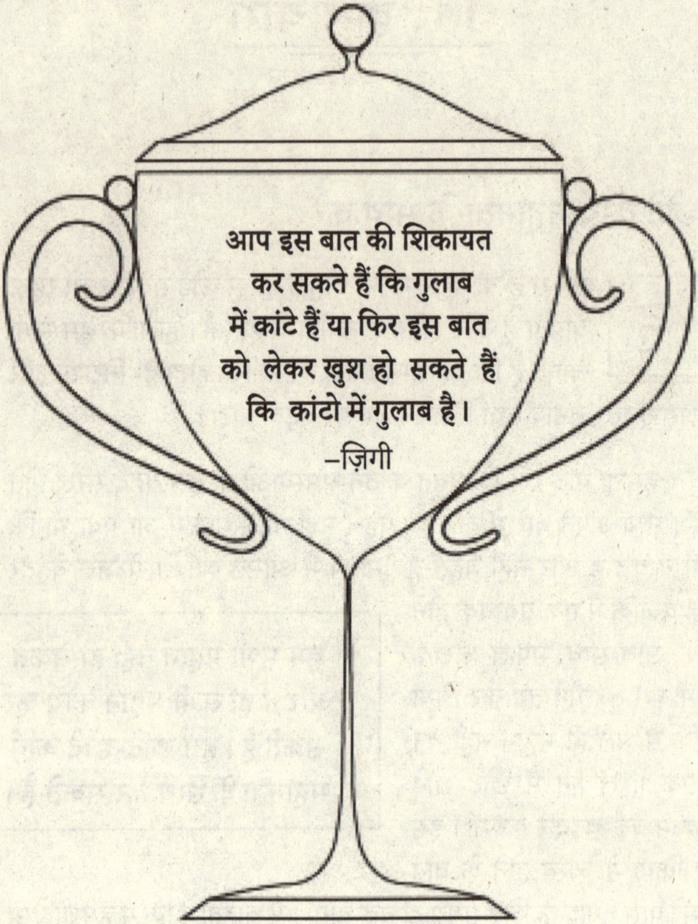
आप इस बात की शिकायत
कर सकते हैं कि गुलाब
में कांटे हैं या फिर इस बात
को लेकर खुश हो सकते हैं
कि कांटो में गुलाब है।
–ज़िगी

मेरी प्रेरणा का स्रोत वह प्रसिद्ध कहावत है जिसके अनुसार–'एक लीटर के कनस्तर में अगर एक लीटर समा सकता है तो यह अच्छी बात है, लेकिन यह अपेक्षा करना कि उसमें एक गैलन समा जाए, वास्तविकता से सरासर कटना ही है।' हममें से अधिकांश इसका उल्टा ही करते हैं। हम चाहते यही हैं कि एक लीटर के बर्तन में उसकी क्षमता से कहीं अधिक समा जाए। मसलन, हम चाहते हैं कि हमारा बच्चा क्लास में फर्स्ट आए और जब ऐसा नहीं होता तो हम तनावग्रस्त हो जाते हैं।

मेरे जवान बच्चे हैं–एक बेटा और दो बेटियां। मैं उन्हें हमेशा ही 'एक लीटर के कनस्तर' मानता आया हूं। वे जो कुछ भी करते रहे हैं या उनकी जो भी उपलब्धियां रही हैं, मुझे उनसे हमेशा ही प्रसन्नता हुई है और भी अचरज की बात तो यह है कि मुझे उनकी असफलताओं ने भी ख़ुशी दी है !

मेरी बेटी दिव्या छठी क्लास में फेल हो गई और स्कूल के प्रिंसिपल ने मुझे समझाया कि इसी में उसकी भलाई है क्योंकि इससे वह अपनी कमज़ोरियों पर ध्यान दे सकेगी। मैंने यह भी महसूस किया कि मेरी बेटी ने अपने हिसाब से सर्वश्रेष्ठ प्रदर्शन किया था और फिर भी अगर उसे रोका गया तो शायद इसमें कोई अच्छाई होगी। मैंने अक्सर पाया है कि जब हम सम्पूर्ण जीवन के आईने में देखते हैं तो इस तरह की असफलताएं बेहद छोटी दिखाई पड़ती हैं। मैंने भी इसे स्वीकार कर लिया और आनेवाले वर्षों में दिव्या ने कई छोटे-छोटे कार्यों में महानता का परिचय दिया–ठीक उस तरह जैसे अच्छी बेटियां किया करती हैं !

तो हम इस 'छोटे कार्यों को महानतापूर्वक करने' की अवधारणा को कैसे सही ठहराएंगे ? यह बहुत ही आसान है ! मैंने इस मामले में यह माना है कि हम सभी अपने-अपने सामाजिक दायरे के भीतर रहते हैं। उदाहरण के तौर पर, मैं मध्यवर्गीय लखपति हूं और दिमाग़ी तौर पर अपने जैसे अन्य लखपतियों के सम्पर्क में रहता हूं ! अपने दायरे के अन्दर, मैं छोटे-छोटे काम महान तरीक़े से करने की कोशिश करता हूं। इस तरह मैं अपने लिए ख़ुशियां बटोरता हूं।

12. अपने काम से प्यार करना सीखें

मैं अपनी एक महत्त्वपूर्ण खोज आप लोगों के साथ बांटना चाहता हूं। इसे अपने जीवन का मार्गदर्शक बना लें :

अगर आप एक घंटे की ख़ुशी चाहते हैं तो एक झपकी लें
अगर एक दिन के लिए ख़ुशी चाहिए,
तो पिकनिक पर जाएं
अगर ख़ुशी चाहिए सप्ताह-भर की, तो छुट्टियां मनाएं
और गर महीने-भर तक ख़ुश रहना चाहें, तो शादी कर लें
यदि साल-भर तक ख़ुशी की इच्छा हो,
तो विरासत में धन पाएं
और यदि ताउम्र ख़ुश रहने की आकांक्षा हो
तो जीवनयापन के लिए आप जो भी करते हैं, उससे
प्यार करें !

मैं पिछले तीन वर्षों से इस विचार के साथ जी रहा हूं और मैंने महसूस किया कि अब मेरा जीवन अधिक व्यवस्थित है। अपने कई दोस्तों के मुक़ाबले मेरा दृष्टिकोण अधिक सकारात्मक रहा है मगर अब भी मैं कभी-कभार रास्ते से भटक जाता हूं। लेकिन अब यह भटकन काफ़ी कम होती है, महीने में एकाध बार ही !

हर रोज़ उठना और उसी एक ढर्रे पर काम करना काफ़ी बोरियत भरा होता है। इस मामले में मेरी जांची-परखी नीति यह है कि जो कुछ भी मैं करता हूं, उसमें ही मज़ा ढूंढ़ने की कोशिश भी करता हूं। हममें से हरेक के भीतर चुनौतीपूर्ण काम करने की इच्छा होती है मगर दुर्भाग्यवश हममें से अधिकांश हाथ पर हाथ धरकर इस उम्मीद में बैठे रहते हैं कि अवसर कभी तो हमारा दरवाज़ा खटखटाएगा।

हालांकि ऐसा होता भी है, मगर हममें से ज़्यादातर को वह खटखटाना सुनाई नहीं देता, क्योंकि हम तो किसी बड़ी पुकार के इन्तज़ार में बैठे होते हैं। सच्चाई यह है कि हर बड़ा अवसर बहुत हल्के-से खटखटाता है। इस बीच, हम चिन्तित हो उठते हैं। कुछेक उस हलकी पुकार को भी सुन लेते हैं और जुट जाते हैं–जो कुछ भी वे करते हैं, उसी से प्यार भी करते हैं और तब सारी की सारी नकारात्मकता छूमन्तर हो जाती है। शायद यह मुर्गी और अंडे की उस कहानी की तरह है, जहां मुर्गी पहले आकर खरोंचने के काम में लग जाती है। तब उसके हाथ कीड़े लगते हैं और वह 'सोने के अंडे' देने लगती है। यह सब सचमुच इतना ही आसान है। लेकिन एक अन्य नज़रिया यह भी हो सकता है कि महज़ एक अंडे से भला क्या किया जा सकता है–सिवाय 'इन्तज़ार करने और देखते रहने' के। इसलिए यह तो पूरी तरह से आप पर ही है कि आप सिर्फ़ सोच-विचार में डूबे रहकर अपने-आप को दयनीय हालत में ले जाना चाहेंगे या फिर उमंग-उत्साह के साथ आगे बढ़ेंगे।

> **वह अंधेरे को कोसने की बजाय मोमबत्तियां जलाती है और उसके नूर से दुनिया में रोशनी है।**
>
> –अदलाई स्टीवेंसन

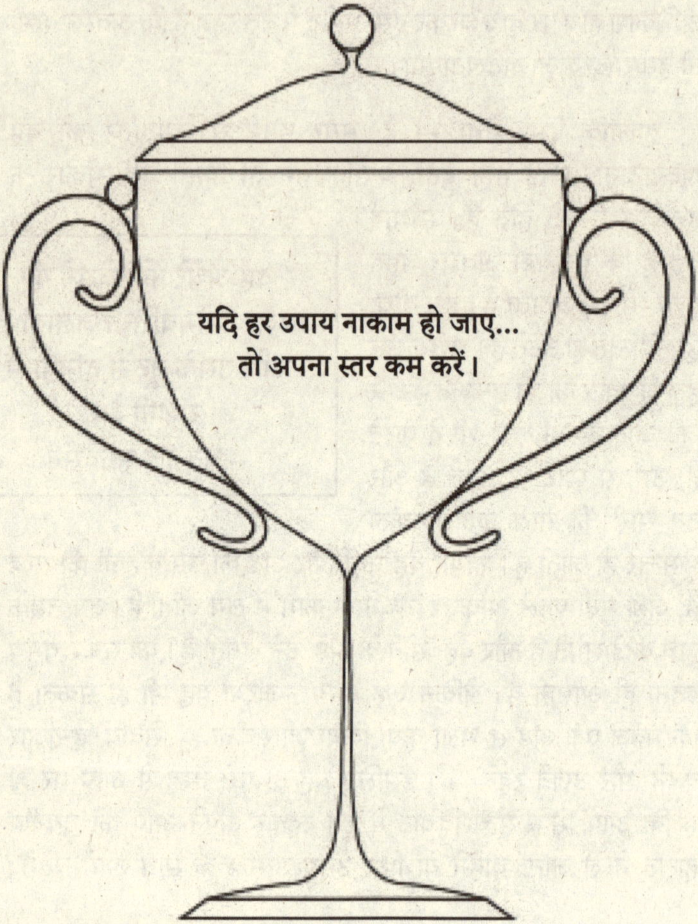
यदि हर उपाय नाकाम हो जाए...
तो अपना स्तर कम करें।

13. 'श्रेष्ठ' को 'बेहतर' का प्रतिद्वन्द्वी मत बनाएं

मेरा विवाह हुए कुछ दशक बीत चुके हैं लेकिन मैं अब तक अपनी पत्नी को यह बात भी नहीं समझा पाया हूं कि वह बगैर ज़्यादा शोर-शराबे या परेशानी के कैसे घर को साफ़-सुथरा बनाए रख सकती है। मेरी पत्नी और हमारे घरेलू नौकर शिद्धू (और उससे पहले भी कई) के बीच अक्सर इस मुद्दे पर खींचतान चलती रहती है जिससे मुझ पर भी असर पड़ता है। वह सुबह पूरे घर की साफ़-सफ़ाई करता है। शाम के ठीक पांच बजे फिर यही शुरू हो जाता है। एक-एक कोने की सफ़ाई। वह अनिच्छापूर्वक ऐसा करता है। यहां तक कि जब झाड़-पोंछ की ज़रूरत नहीं होती तब भी की जाती है।

अपनी तमाम गतिविधियों में 'ख' और 'ग' श्रेणी दूसरे तथा तीसरे श्रेष्ठ विकल्पों को भी स्वीकार करना शुरू करें और तब सुधार की गुंजाइश के बारे में तय करें।

मैं तो घर में अपनी पत्नी को शिद्धू के साथ इस हद तक माथा-पच्ची करते देखने की बजाय थोड़ी-बहुत धूल-धक्कड़ बर्दाश्त कर लूंगा।

मेरी प्रेरणा मेरे भगवान कृष्ण अर्थात डॉक्टर लियॉन ए. डैंको, पी-एच. डी. हैं जिन्होंने इस विषय पर कुछ अमर पंक्तियां लिखी हैं– 'कुछ

बिज़नेसों के मालिक अपने अधिकार या शक्तियों को दूसरों को इस कारण नहीं सौंप पाते क्योंकि उनमें थोड़ी भी धूल सहन करने का माद्दा नहीं होता। उन्हें हमेशा ही कुछ-न-कुछ ग़लत दिखाई देता है और वे उसे दुरुस्त करके ही दम लेते हैं। अन्य लोग उनके द्वारा भी पीछे छोड़ी गई धूल से कहीं ज़्यादा धूल-धक्कड़ छोड़ते हैं। लेकिन शायद लोग यह समझ नहीं पाते कि दूसरे लोग ख़राब काम नहीं करते। वे अन्य स्थानों पर अन्य कारणों से, अन्य प्राथमिकताओं के चलते, अलग-अलग समय पर धूल बिखेरते हैं।'

यह किसका काम है?

मैं आपको एवरीबडी, समबडी, एनीबडी और नोबडी की एक रोचक कहानी सुनाता हूं–

एक दफ़ा की बात है कि एवरीबडी, समबडी, एनीबडी और नोबडी नाम के चार व्यक्ति थे। एक महत्त्वपूर्ण काम किया जाना था और एवरीबडी को पूरा भरोसा था कि समबडी उसे कर देगा। एनीबडी उस काम को कर सकता था मगर नोबडी ने वह पूरा किया। इस पर समबडी को गुस्सा आ गया क्योंकि वह एवरीबडी का काम था। एवरीबडी ने सोचा कि एनीबडी उसे कर सकेगा मगर नोबडी को अहसास हुआ कि एवरीबडी वह काम नहीं करेगा। अन्ततः एवरीबडी ने समबडी को इस बात का दोषी ठहराया कि नोबडी ने वह काम किया जिसे एनीबडी कर सकता था !

जब भी आप किसी से कुछ काम करने को कहें तो यह सुनिश्चित कर लें कि उसे ठीक तरह से समझ आ गया है कि उसे क्या करना है। पूरा ब्यौरा स्पष्ट तरीक़े से दें। यह मानकर मत चलें कि वह अपनी सूझबूझ से दो और दो को साथ रखेगा। हर व्यक्ति कुछ वर्षों में अपने धूल के स्तर का निर्माण कर लेता है।

14. आगे बढ़ते रहें

पर्वत की चोटी पर पहुंचनेवाला व्यक्ति वहीं नहीं ठहर जाता! वह और कई चोटियों पर चढ़ाई जारी रखता है। जब हमारा एक लक्ष्य हाथ लग जाए तो हमें नए की तलाश शुरू कर देनी चाहिए और चढ़ाई करते रहना चाहिए। इसी से जीवन रोचक बनता है। सफल लोगों को काम करते रहना चाहिए; आप पिछले वर्ष की क़तरनों से तैयार स्क्रैपबुक के भरोसे तो नहीं बैठे रह सकते हैं। ख़ुद अपने मामले में मैं जब एक पांडुलिपि अपने दोस्त शेखर मल्होत्रा को थमाता हूं तो दूसरी पर काम शुरू कर देता हूं। मैं आलसी हूं। बेशक़, मैं पिछली किताब का जन्म देखकर ख़ुश होता हूं लेकिन अपने दिमाग़ के शोलों को भी जिलाए रखता हूं! शायद यही कारण है कि आप मेरी आनेवाली किताबों की सूची देख पाते हैं, कई बार तारीख़ समेत जिस पर मैं कभी-कभार खरा नहीं उतर पाता–टाल-मटोल की ईरानी आदत के चलते। मैं अपने तनाव कम करने की कोशिश करता हूं–उस स्थिति में भी जब मैं समय पर काम पूरा नहीं कर पाता। मैं जानता हूं कि एक चोटी से दूसरी चोटी पर तब तक बढ़ते जाना है, जब तक कि माउंट एवरेस्ट पर नहीं चढ़ जाता। मैं एवरेस्ट शिखर पर चढ़नेवाले मेजर आहलूवालिया के समान नहीं हो सकता, लेकिन मेरे अपने 'कंचनजुंगा' हैं और मेरे एवरेस्ट लगातार बदल रहे हैं–ताकि मैं एक उपलब्धि के बाद आराम न करने लगूं।

हमें सीमित निराशा को स्वीकार करना चाहिए, लेकिन कभी भी अपार उम्मीद को नहीं छोड़ना चाहिए।

नए प्रदेशों की खोज करने
के लिए आपको लम्बे समय
तक किनारों को अलविदा
कहना होगा।

15. सच्चाई ही आज़ादी है

सत्य ही बलवान है

आप मुझ पर हंस रहे होंगे और हैरान हो रहे होंगे कि कलयुग में सत्य कैसे बलवान हो सकता है। यक़ीन मानिए, ऐसा ही है। मैं आपको बताना चाहूंगा कि सूझबूझ के साथ बरती गई ईमानदारी अब भी सबसे अच्छी नीति है।

सच शक्तिशाली है। सच शानदार है। सच ही सुख है। यह व्यक्तिगत आज़ादी की दिशा में बढ़ाया गया एक क़दम है।

सच बोलने की आदत डालने में वर्षों लग जाते हैं। लेकिन एक बार आप इस आदत को डाल लें तो आपका आत्म-विश्वास ख़ुद-ब-ख़ुद बढ़ता चला जाएगा। तब आपका जीवन दूसरों के लिए और अपने लिए भी शीशे की तरह पारदर्शी बन जाएगा तथा आपकी आशंकाएं कम हो जाएंगी। आप ख़ुद अपने हीरो बन जाएंगे और आपका आत्म-सम्मान भी ऊंचा उठ जाएगा।

समझदारी दरअसल, दूसरों के विचारों और भावों के प्रति सन्तुलित दृष्टिकोण बनाए रखकर स्वयं की भावनाओं तथा धारणाओं को अभिव्यक्त करने की योग्यता है।

सच बोलें और परिणाम झेलने को तैयार रहें। बेशक़, आपको एक, दो या तीन मिनट के लिए तो तनाव हो सकता है, लेकिन याद रखें, जितना भयंकर तूफ़ान होगा उतनी ही जल्दी वह गुज़र जाएगा।

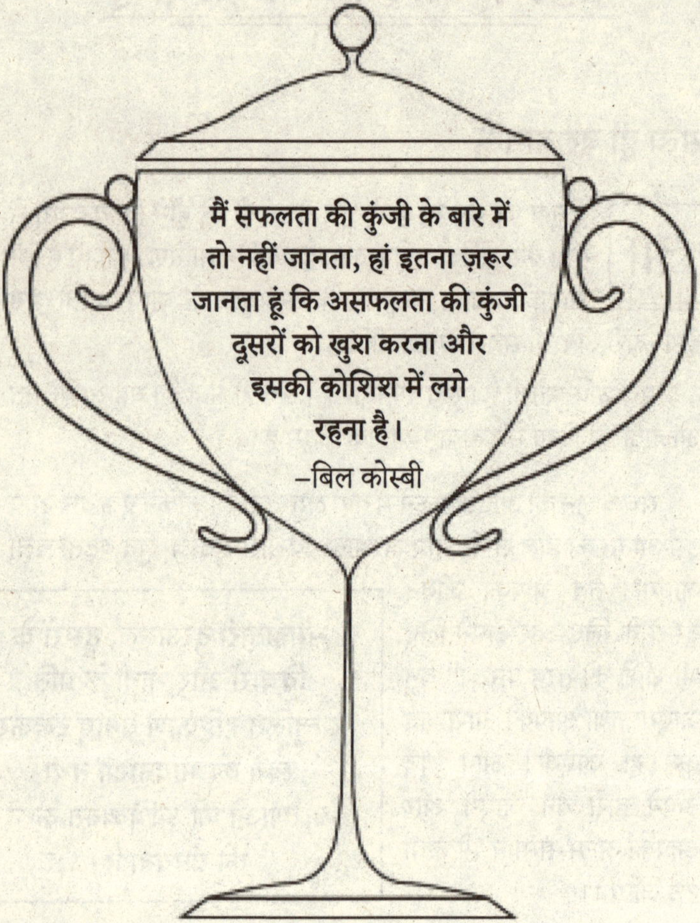
मैं सफलता की कुंजी के बारे में
तो नहीं जानता, हां इतना ज़रूर
जानता हूं कि असफलता की कुंजी
दूसरों को खुश करना और
इसकी कोशिश में लगे
रहना है।
–बिल कोस्बी

16. जब 'न' कहना चाहें तो 'हां' मत बोलें

'न' कहना सीखें और 'न' को स्वीकारना भी

आपके जीवन में बहुत-सी बातें अपने-आप सरल हो जाएंगी, यदि आप 'न' कहना सीख लेंगे। साथ ही जब दूसरे लोग 'नहीं' बोलें तो उसे भी सहजता से स्वीकार करें। हमें यह याद रखना चाहिए कि हम सभी के पास काम करने की सीमित क्षमता होती है। इसी प्रकार जिन लोगों के सम्पर्क में हम आते हैं, उनकी क्षमता भी सीमित ही होती है, फिर चाहे वह हमारा सीनियर हो या जूनियर। यदि हम अपने तनाव और दबाव कम करना चाहते हैं तो दूसरों से दायित्व स्वीकार करते वक़्त या दूसरों को काम सौंपते समय हमें इस बात का पूरा ध्यान रखना होगा। हमें यह नहीं भूलना चाहिए कि जब हम अपने काम समय पर नहीं कर पाते या दूसरे लोग हमारे द्वारा उन्हें सौंपी गई ज़िम्मेदारियों को पूरा नहीं कर पाते तो अक्सर हम तनावग्रस्त हो जाते हैं। इसलिए कोई भी वायदा करने से पहले सोचें। यक़ीन मानिए ऐसा करने के लिए आपकी सूझबूझ ही काफ़ी है।

खुलापन शुरुआत में ज़रूर चोट पहुंचाता है, मगर समय बीतने के साथ यह आपकी छवि बनाने में मदद करता है। यह दूसरों के और स्वयं आपके दबावों को कम करता है।

इस नीति का 180 दिनों तक पालन करें। अगर ज़रूरत महसूस हो तो बीच में ही इस कार्यक्रम में सुधार करें। उदाहरण के लिए जब आपके अधिकारी कोई निर्देश देते हैं तो आप आमतौर पर 'जी हां' कहकर उनके निर्देशों को सुनते हैं। आप ऐसा इसलिए करते हैं क्योंकि आप उन्हें नाराज़ नहीं करना चाहते। आप दूसरों की भावनाओं को ठेस नहीं पहुंचाना चाहते क्योंकि आप सदा अच्छे इंसान बने रहना चाहते हैं।

'नहीं' सबसे कम इस्तेमाल होनेवाला शब्द है और यही दुनिया-भर में ज़्यादातर परेशानियों का मूल कारण है।

जब आप शराब पीने का फ़ैसला करते हैं तो ऐसा करते वक़्त आप अगले दिन के लिए ख़ुद पर दबाव का कारण जुटाते हैं। याद रखें, कि एक बार 'नहीं' कहने-भर से ही आप अपने और कर अपने प्रियजनों के लिए ख़ुशियां बटोर सकते हैं। 'नहीं' कहने के 300 मौक़ों को गंवाने का अर्थ है कि आप आनेवाले कई वर्षों के लिए शराबी और तनावग्रस्त बनने जा रहे हैं।

कभी-कभी 'नहीं' कहना मुश्किल होता है। आपको इस बात का फैसला करना है कि आप अच्छे इंसान दिखना चाहते हैं या कम तनावग्रस्त रहकर और भी अच्छा इंसान बनना चाहते हैं।

अक्सर स्पष्ट और सीधे तौर पर कहा गया 'नहीं' हज़ारों सिरदर्दियों से निजात दिला देता है!

हम सभी को 'नहीं' कहना सीखना होगा, मगर समझदारी से।

17. 'थैंक्यू' और 'सॉरी' जैसे शब्द तुरन्त कहना सीखें

कृतज्ञता का भाव

आक्सर हममें से अधिकांश लोग 'धन्यवाद' और 'माफ़ करें' जैसे सामान्य शब्दों का किसी भी भाषा में इस्तेमाल करने में कंजूसी बरतते हैं। ऐसे मौक़ों पर हम राशन अधिकारी की भूमिका निभाने लगते हैं। जिस प्रकार जीवन में विभिन्न औज़ारों का इस्तेमाल बेहद सावधानीपूर्वक किया जाता है, उसी प्रकार हमें इन औज़ारों ('धन्यवाद' और 'माफ़ करें') को भी आदर सहित और सूझबूझ के साथ प्रयोग में लाना होगा।

यहां मैं सूझबूझ से इस्तेमाल करने के लिए इसलिए कह रहा हूं क्योंकि इन शब्दों के प्रयोग करने के लिए हार्वर्ड से एम.बी.ए. या आई. आई.टी., दिल्ली से बी.ई. की डिग्री लेने की कोई ज़रूरत नहीं है। ज़रूरत सिर्फ़ दूसरों के प्रति सहानुभूतिपूर्ण रवैया रखने और ख़ुद को उनके स्थान पर रखकर पूरी स्थिति को समझने की है।

'थैंक्यू' और 'सॉरी' जैसे शब्दों की जरूरत को महसूस करते हुए सही समय पर कहना चाहिए। केवल एक दिन की देरी से भेजा गया जन्मदिन कार्ड एक महीना पुराने अख़बार की तरह होता है ! मुझे याद है, एक बार जब मैं अपने दोस्त के साथ था तो उसका सचिव छह जनवरी को नए वर्ष

के? बधाई कार्ड लेकर आया और उसने विनम्रतापूर्वक उन्हें दूसरी तरफ़ सरका दिया। मैंने महसूस किया कि 'मौसम' बीत चुका था और आयोजन पूरे हो चुके थे। मेरा ख़ुद का यह मानना है कि बधाई कार्ड एक दिन भी देरी से भेजने की बजाय अवसर से कुछ दिन पहले पहुंच सके तो बेहतर होगा।

हम में से ज़्यादातर इंसान ठीक उस समय 'धन्यवाद' या 'क्षमा करें' जैसे शब्द कहने से शरमाते हैं जब उन्हें कहा जाना चाहिए। हम अपने इन भावों को दूसरों तक ठीक-ठाक तरीक़े से पहुंचाना चाहते हैं और ऐसा करने के दौरान हम यह भी चाहते हैं कि हमारा मूड ठीक हो। लेकिन यह प्रवृत्ति ग़लत है। यहां इस अवधारणा का पालन करें–सर्वश्रेष्ठ को श्रेष्ठ का प्रतिद्वन्द्वी न बनाएं।

'धन्यवाद' के भाव से भरा हृदय न सिर्फ़ सबसे बड़ा गुण है बल्कि सभी गुणों का गुरु है। इस तथ्य को कभी भी मत भूलें। साथ ही यह भी याद रखें कि 'शुक्रिया' कह देना बेहद सस्ता सौदा है। इसलिए जब भी कोई कुछ काम पूरा करे तो आप उसे भुगतान करने के बाद बतौर बोनस फ़ौरन 'शुक्रिया' भी अदा करें। ऐसी आदत अपनाने पर आपकी छवि में धीरे-धीरे और निरन्तर सुधार अवश्य होगा।

कई वर्ष पहले मैं लन्दन में बसों में सफ़र किया करता था। वहां की बसों के कंडक्टरों को प्रायः शुक्रिया कहने की आदत थी। उनके शुक्रिया जताने का ढंग भी कुछ ऐसा था मानो एक औपचारिकता पूरी कर रहे हों। इस स्थिति से बचें। जब आप वाक़ई किसी के प्रति धन्यवाद का भाव रखें तो आपके स्वर और आंखों तथा होंठों से भी यही झलकना चाहिए। यह कभी मत भूलें कि आप ख़ुद को बेशक़ बुद्धू बना सकते हैं मगर दूसरों को नहीं, बशर्ते आप अच्छे अभिनेता हों। यही बात क्षमा मांगते समय भी लागू होती है।

यदि आपने कल 'थैंक्यू' या 'सॉरी' जैसे शब्द नहीं कहे थे तो आज यह नेक काम कर डालें।

मैं तुरन्त ही 'धन्यवाद' के सन्देश भेजता हूं। मैं ख़तों पर भी 'शुक्रिया' लिखकर फ़ौरन उन्हें वापस कर देता हूं। मुझे अच्छी तरह से याद है कि मेरे बॉस ने जब मुझे बहुत कम समय में कर्ज़ देना मंजूर किया था तो मैंने 'धन्यवाद' किया। मेरे बॉस ने इस पर मुझे बुलाकर मेरी प्रशंसा भी की थी। मुझे लगता है कि शायद तीन सौ लोगों को कर्ज़ मंजूर करने पर उन्हें एक से ही शुक्रिया सुनने को मिलता होगा।

यदि आपका कारोबार सेल्स यानी बिक्री से जुड़ा है तो इस शब्द के मायने आपके लिए और भी बढ़ जाते हैं। अच्छा सेल्समैन वही है जो अपने ग्राहकों के साथ अच्छे सम्बन्ध कायम करने के लिए उनके प्रति कृतज्ञता दर्शाना नहीं भूलता। कभी भी इस बात को नहीं भूलें कि लोग उनके साथ ही व्यापारिक गतिविधियां बढ़ाना चाहते हैं, जिन्हें वे पसन्द करते हैं। हर सेल्समैन पर एक निश्चित समयावधि में अपने उत्पादों को बेचने का दबाव होता है। ऐसे में 'शुक्रिया' का सही इस्तेमाल दबाव घटाने में मदद करता है। दुनिया का बेहतरीन सेल्समैन जो गिरार्ड हर महीने 13,000 'थैंक्यू' सन्देश भेजता है।

अपने ग्राहकों को 'थैंक्यू' कहने के कई तरीक़े हैं। इनका ज़िक्र यहां किया जा रहा है। इन्हें आज़माएं या चाहें तो नए तरीक़े इज़ाद करें। इस प्रकार जब आपकी शुक्रिया कहने की आदत से आपको लाभ मिलने लगेगा तो निश्चित रूप से आप ख़ुद को भी शुक्रिया करना चाहेंगे।

- क्या आप अपने ग्राहक को हमेशा धन्यवाद देते हैं, भले ही उसका ऑर्डर कम क़ीमत का हो?
- क्या आप अपने ग्राहकों का आपके लिए समय निकालने के बदले शुक्रिया अदा करते हैं?
- क्या आप अपने उन ग्राहकों का धन्यवाद करते हैं जो आपके उत्पाद और सेवाओं की सिफ़ारिश अन्य लोगों से करते हैं?

- क्या आपने अपने उपभोक्ता का व्यावहारिक तरीक़े से शुक्रिया किया है–यह बताकर कि उसके कारण आपकी बिक्री में इज़ाफ़ा हुआ या फिर उसे इस आशय की ख़बरें, आंकड़े वग़ैरह दिखाए हैं?

- क्या आपने कभी जन्मदिन कार्ड, बधाई कार्ड या हॉली डे कार्ड के साथ अपने हाथ से लिखा निजी सन्देश भी अपने ग्राहक को भेजकर उसे बताया है कि उसका ऑर्डर आपके लिए कितना महत्त्वपूर्ण था?

- क्या किसी सभा में किसी वक़्ता के प्रभावशाली भाषण को सुनने के बाद आपने नए विचारों और दृष्टिकोणों के लिए कुछेक पंक्तियों में उसे लिखकर कृतज्ञता जताई है?

ईसा मसीह ने जब बारह कोढ़ियों को स्वस्थ किया तो उनमें से मात्र एक ने ही रुककर उनके प्रति कृतज्ञता ज्ञापन किया। लेकिन कलयुग में तो सौ लोगों में से केवल एक कृतज्ञ हो तो भी चलेगा। क्या आप वह एक होना पसन्द करेंगे या फिर शेष 99 में से एक होना चाहेंगे? इस विषय में सोचें। हालांकि धन्यवाद करने और क्षमा मांगने के मामले में मेरा तरीक़ा उपयुक्त हो यह ज़रूरी नहीं, मगर मैं इस इंसानी कमजोरी से वाकिफ़ हूं और इसीलिए मैं ऐसा करके अपने-आप को दबावमुक्त कर लेता हूं।

जब आप किसी का शुक्रिया अदा करते हैं तो ऐसा करते वक़्त आपके शब्दों का दस फीसदी, आपकी निगाहों का बीस फ़ीसदी, आपके मस्तिष्क के विचारों का तीस फ़ीसदी और आपके हृदय के भावों का चालीस फ़ीसदी योगदान होता है।

18. माफ़ करें और भूल जाएं

मैं बेहद स्वार्थी क़िस्म का इंसान हूं क्योंकि मैं हमेशा ख़ुश रहना चाहता हूं। अपने इसी लक्ष्य को ध्यान में रखकर मैं क्षमा करने और भूल जाने के सिद्धान्त का पालन करता हूं। यह एक धीमी प्रक्रिया है। हालांकि आंख के बदले आंख दिखाने की बात जंचती ज़रूर है लेकिन वह अन्धा बनाती है। क्या यह उचित है? कुछ मामलों में यह बात उचित हो भी सकती है, ताकि ग़लतिया दोहराई न जाएं। प्रत्येक को अपने फ़ैसले स्वयं लेने चाहिए। हालांकि याद रखना अच्छी बात है मगर भूल जाना भी कई बार अच्छा साबित होता है।

बदला लेना ठीक ऐसा है जैसे आप उस कुत्ते को काटने दौड़ें जिसने आपको काटा हो। हालांकि आपको इसे याद रखना चाहिए लेकिन सिर्फ़ यह सुनिश्चित करने के लिए कि आपको दोबारा कुत्ता न काटे। कुत्ते को काटने की बजाय इस घटना से सबक लें।

दूसरे लोग जब आपको क्षमा नहीं करते तो आपका यह सवाल करना स्वाभाविक है कि फिर आप माफ़ी क्यों दें? ठीक हैं, भई ! यदि आपको अपनी कड़वाहटों में घुलते रहना पसन्द है तो बेशक़ ऐसा कीजिए ! लेकिन जैसा कि मैं पहले ही बता चुका हूं कि मैं स्वार्थी इंसान हूं और मैं ख़ुश रहना चाहता हूं। इसलिए मैं फ़िज़ूल की बातों में अपना ध्यान नहीं लगाऊंगा।

यदि आप अपने दोस्तों को क्षमा नहीं करते तो एक दिन ऐसा भी आएगा जबकि आपके पास कोई दोस्त ही नहीं रहेगा। अगर आप व्यापारी हैं तो आपके ग्राहक नहीं रहेंगे। मैं ऐसे कई लोगों को जानता हूं जो अपने साथ हुई ज़्यादतियों को भूलने को क़तई तैयार नहीं होते। यहां तक कि कुछ तो अपने माता-पिता को भी नहीं बख़्शते। और कुछ माता-पिता न तो अपनी औलाद की ग़लतियों को कभी माफ़ कर पाते हैं और न ही उन्हें भुला पाते हैं।

ऐसी स्थिति में आपको अपनी समझ से काम लेना चाहिए। ऐसा करने पर ही आप सही मायने में ख़ुश रह सकते हैं। समझ-बूझ एक कवच है जो हमें ऐसी ऊंचाई पर ले जाता है जहां हमारी तरफ़ उछाले गए पत्थर भी हमारा कुछ नहीं बिगाड़ सकते।

भूलने और माफ़ कर देने की बजाय बदले की भावना आपका अधिक नुक़सान करेगी। इसलिए इंग्रिड बर्गमैन के इस सिद्धान्त का पालन करें–'अच्छे स्वास्थ्य और ख़राब याददाश्त में ही ख़ुशियां बसती हैं। ख़राब याददाश्त हमें भूलने और माफ़ करने में मदद करती है।'

क्षमा कर देना ही प्रसन्नता है। इसलिए माफ़ करो और भूल जाओ। यह बिल्कुल साधारण-सी बात है। मगर आमतौर पर हम साधारण काम करना ही नहीं चाहते। जैसे-जैसे हम अधिक सफल होते जाते हैं, वैसे ही हम अपने जीवन को भी जटिल बना लेते हैं। ख़ुद को या दूसरों को माफ़ कर देने का फ़ैसला किसी भी अन्य फ़ैसले की ही तरह है। आप चुटकी बजाते ही ऐसा कर सकते हैं या फिर बरसों तक दुख और ईर्ष्या झेलने के बाद ऐसा कर सकते हैं। मर्ज़ी आपकी है। निःसन्देह, दूसरों को क्षमा करना कठिन होता है और

> माफ कर देना कभी-कभार की कार्यवाही नहीं है, बल्कि यह तो व्यक्ति का स्थायी दृष्टिकोण है।

अपने-आप को माफ़ कर देना तो और भी मुश्किल है। लेकिन हमें हर स्थिति का विश्लेषण करना होगा।

मैं अपना दिल जलाने की बजाय उस व्यक्ति को माफ़ कर दूंगा जिसका व्यवहार मेरे प्रति गलत था। और क्यूं न करूं मैं ऐसा? मेरा एकमात्र मक़सद अपने लिए ख़ुशियां बटोरना है और मैं सिर्फ़ इस तरीक़े से ही उन्हें पा सकता हूं।

19. सिक्के का दूसरा पहलू

अपने क्रोध को क़ाबू में रखना सीखें

अंग्रेज़ी में क्रोध के पर्याय 'एंगर' (ANGER) से पहले 'डी' जोड़ दें यह 'डेंजर' (DANGER) यानी ख़तरा बन जाता है। गुस्सा एक ऐसा भाव है जो हम में से हरेक ने महसूस किया है। इसकी ख़ासियत यह है कि इस पर पूरी तरह न सही मगर काफ़ी हद तक क़ाबू पाया जा सकता है। हर व्यक्ति को कुछ-न-कुछ चुनना होता है और मैंने वर्षों पहले अपने गुस्से पर नियन्त्रण रखने का विकल्प चुना। मैं जब भी आपे से बाहर हुआ हूं तो आत्म-विश्लेषण के क्षणों में मैंने पाया कि मुझे इस कारण से शर्मिन्दगी महसूस हुई। मैंने तभी यह फ़ैसला किया कि मैं अपनी ग़लतियों से सबक लूंगा। मुझे ख़ुशी है कि इस विधि से मैंने काफ़ी हद तक अपने गुस्से पर क़ाबू पा लिया है। आप भी यह कोशिश करके देख सकते हैं और नतीजा कम ख़तरनाक होगा।

मैं यहां रामायण में से गुस्से से सम्बन्धित एक प्रसिद्ध घटना का ज़िक्र करना चाहूंगा। दस सिरोंवाला रावण महा-बुद्धिमान था। लेकिन उसकी सफलता उसकी विनम्रता को खा गई और यहां तक कि उसके कई गुण भी नष्ट हो गए।

ऐसे में, जब रावण की बहन सूर्पणखा ने अपनी नाक काटे जाने की घटना तोड़-मरोड़कर पेश की तो गुस्से में आग-बबूला हुआ रावण उससे

ये मामूली सवाल तक करना भूल गया :

- कि वह राम और लक्ष्मण से मिलने ही क्यों गई थी?
- वास्तव में, क्या हुआ था?
- क्यों न मैं राम से मिलूं और उसका पक्ष जानूं?

अन्ततः नतीजा यह हुआ कि ख़ुद रावण को और उसके परिवारजनों को तकलीफ़ झेलनी पड़ी।

तो दोस्तो ! क्यों न आप भी इस बारे में सोचें-विचारें और अपने ग़ुस्से को कम करने के लिए लगातार आत्म-निरीक्षण भी करते रहें तथा स्वयं इस बात का फ़ैसला करें कि आपको राम बनना है या रावण?

रावण उन सभी लोगों के लिए आदर्श हो सकता है जो अपने ग़ुस्से पर क़ाबू करना चाहते हैं। वह बेहद बुद्धिमान था लेकिन क्रोध के चलते उसने ऐसी ग़लती कर डाली जिसके कारण उसे और उसके प्रियजनों को अपूरणीय क्षति उठानी पड़ी। इसलिए मेरी कोशिश राम बनने की होती है। क्रोध से दूर हमेशा के लिए।

रावण ख़ून-खराबे से बच सकता था अगर वह राम के पास जाकर घटना के दूसरे पहलू के बारे में पता लगाता ! क्या आप कथा का दूसरा पक्ष सुनते हैं?

जब कभी मेरे सचिव, दोस्त, सहयोगी या सम्बन्धी के रूप में कोई सूर्पणखा मेरे पास आती है तो मैं उससे और विस्तृत विवरण मांगता हूं। उस स्थिति में आमतौर पर मुझ पर आरोप लगता है कि मैं सामनेवाले पर भरोसा नहीं करता। मैं क्रोध से फुंफकारता रावण बनने की बजाय अपनी गति धीमी कर लेता हूं। शायद मैं क़िस्मतवाला हूं कि मैं रावण की तरह बलशाली नहीं हूं !

मैं साधारण-सी दिखनेवाली माचिस की तीली से सीखने की कोशिश करता हूं। तीली के पास सिर तो होता है मगर दिमाग़ नहीं। और इसीलिए हल्की-सी रगड़ होने पर यह झट से जल उठती है। मेरे पास एक सिर है और दिमाग़ भी। इसलिए थोड़ी-सी रगड़ पर ही मैंने भभक उठना नहीं

सीखा। दरअसल, इस मस्तिष्क का इस्तेमाल करके ही मैं अपना बोझ हल्का कर लेता हूं। इसी तरह आप भी क्रोध और दबाव से मुक्त होने के लिए अपने लिए मिसाल जुटा सकते हैं।

हाल में मैं एक स्वामीजी से मिला जिनके शिष्यों में कई बड़े उद्योगपति भी शामिल हैं। मैंने उन्हें 'माचिस की तीली' सरीखे अपने कई उपाय सुझाए और उनके शिष्यों के लिए क्रोध से बचने की किट वगैरह भी दी (अनुरोध पर आपके लिए भी उपलब्ध) उन्होंने मुझे कहा कि यह किट तो स्वयं उनके लिए भी उपयोगी साबित होगी। मुझे यह सुनकर हैरानी हुई कि भला एक स्वामी को इसकी क्या ज़रूरत? इस पर उन्होंने बताया कि प्रायः लोग उनके पैर छूते हैं और आशीर्वाद लेते हैं। इन सबको देखकर प्रायः स्वामी को भी ख़ुद पर घमंड हो जाता है और वे ख़ुद को दूसरों से श्रेष्ठ समझने लगते हैं। हो सकता है कि वे मज़ाक़ कर रहे हों परन्तु उनकी बातों से इतना तो स्पष्ट ही था कि क्रोध ऐसा भाव है जिस पर क़ाबू पाने के लिए आत्मानुशासन से भी अधिक प्रयास की ज़रूरत होती है।

गुस्से पर नियन्त्रण करना लगातार जारी रखनेवाली क्रिया है। मैं लगभग हर रात आत्म-निरीक्षण करता हूं और यदि मैं यह पाता हूं कि दिन-भर में किसी भी मौक़े पर मैंने क्रोध किया था तो न सिर्फ़ मैं अपने-आप को फटकार लगाता हूं बल्कि ऐसा दोबारा न करने का वायदा भी ख़ुद से करता हूं। अभ्यास से ही व्यक्ति समझदार बनता है। वर्षों पहले मैंने अपने गुरुमित्र एम.एम. मेहता से यह सीखा था कि यदि आप दस मिनट तक गुस्सा करते हैं तो आप एक घंटे की खुशियां गंवा देते हैं। इस बारे में निश्चित रूप से विचार करने की ज़रूरत है।

जब हमें बहुत-सी परेशानियां आकर घेर लेती हैं तो हमें गुस्सा आता है या हम आपे से बाहर हो जाते हैं, इस मामले में भी मेरे एक मित्र ने मुझे बहुत अच्छी बात समझाई और कहा कि सिर्फ़ उन लोगों को ही कोई

समस्या नहीं होती जो क़ब्रिस्तान में पहुंच चुके होते हैं या जिनकी राख गंगा में बहा दी गई होती है। दिक़्क़तें तो दरअसल, जीवन होने का संकेत हैं। मेरे उसी मित्र ने कहा कि हमें प्रभु से ख़ुद को परेशानियों से मुक्त रखने की दुआ करने की बजाय उनसे प्रार्थना करनी चाहिए, 'हे प्रभु ! मुझे और समस्याएं दो और साथ ही उन्हें सुलझाने की बुद्धि और सामर्थ्य भी दो।'

20. विनम्रता बनाए रखें

द्रौपदी ने कहा था–'अन्धे का पुत्र भी अन्धा' इस एक वाक्य ने ही कौरवों और पांडवों के बीच संग्राम को जन्म दिया और 'महाभारत' का कारण भी बना जिसके फलस्वरूप दोनों पक्षों के कई परिवार तबाह हो गए। द्रौपदी को भला ऐसा कहने की क्या ज़रूरत थी? मैं इसका जवाब तो नहीं जानता, मगर लगता है कि या तो उसमें लेशमात्र भी अक्ल नहीं थी या फिर वह घमंडी थी। वह अपने कठोर शब्दों के लिए माफ़ी भी मांग सकती थी।

हर रोज़ दफ़्तरों और घरों में भी ऐसा ही कुछ होता है। बदला लेने या हिसाब बराबर करने की ख़्वाहिश के चलते संयुक्त परिवार बिखर रहे हैं।

एस्कोट्स में बिताए इकत्तीस वर्षों के दौरान मैं दूसरों से हिसाब बराबर करने की प्रवृत्ति से ख़ुद को बचाकर रखने में काफ़ी हद तक सफल रहा। दरअसल, आत्म-नियन्त्रण का एक मिनट आपको तनाव के 1,000 से 10,000 मिनटों तक मुक्त रखता है।

अक्सर हम दूसरों से बात बराबर करने की भावना से कुछ कह देते हैं और ऐसा अक्सर तब होता है जबकि हम जवान होते हैं। लेकिन बाद में अनुभव और आत्म-चिन्तन हमें सिखाता है कि यह आचरण ठीक नहीं

है। अपने-आप पर नियन्त्रण रखकर हम तनाव के हज़ारों पलों से बच सकते हैं। चुप्पी ही स्वर्ग है। चुप्पी निर्वाण है।

मैंने अपने बेटे द्वारा वर्षों पहले मुझे सुनाई गई इस कहानी से ख़ुद पर नियन्त्रण रखने की प्रेरणा ली थी :

बॉस – कभी ऐसा भी हो सकता है कि तुम्हारे ग्राहक तुम्हारे साथ रूखाई से पेश आएं। उस स्थिति में तुम्हारी प्रतिक्रिया क्या होगी?

युवक – (तीस सेकंड चुप रहने के बाद) : सर, ग्राहक ही मुनाफ़ा है बाक़ी सब तो फ़ालतू की बातें हैं। इसलिए ऐसी स्थिति में मेरा व्यवहार ऐसा होगा कि आगे से मेरे साथ रूखाई से पेश आने से पहले वह कम-से-कम दो बार सोचेगा। लेकिन अगर वह फिर भी ख़ुद को नहीं बदलता तो मैं उसे भी सहन कर लूंगा क्योंकि मुझे वर्षों पहले सुनी एक कहानी से प्रेरणा मिलती है।

बॉस – कैसी कहानी, हमें भी सुनाओ।

युवक – एक पिता और पुत्र स्थानीय बस से सफ़र कर रहे थे। पिता ने कंडक्टर से किसी जगह की जानकारी मांगी। कंडक्टर का जवाब देने का तरीक़ा अपमानित करनेवाला था। कुछ समय बाद जब पुत्र ने पिता से पूछा कि आपने उसे पलटकर कुछ क्यों नहीं कहा तो उनका जवाब था–'कंडक्टर इसलिए इस तरह से पेश आया क्योंकि यह उसका स्वभाव है। शायद वह कई वर्षों से ऐसा ही व्यवहार करता आया है। लेकिन मैं तो इतना समझदार हूं कि एक-दो मिनट के लिए उस व्यवहार को बर्दाश्त कर लूं।' सर, मैं भी उन समझदार व्यक्ति की तरह

बर्ताव करूंगा और ग्राहक के रूखे व्यवहार को सह लूंगा।

बॉस – और क्या करोगे?

युवक – यदि कुछ ऐसा पेश आया जिसके बारे में मुझे ठीक से पता नहीं है तो मैं आपसे आकर पूछ लूंगा। दरअसल, मेरा मानना है कि हमारे व्यापार की ख़ुशहाली के लिए भी यही उचित है कि मैं मूर्खतापूर्ण काम करने की बजाय मूर्खतापूर्ण सवाल करूं।

बॉस – हम तुम्हें मौक़ा दे सकते हैं। बताओ तुम कब से काम पर आना चाहोगे?

युवक – सर, अभी से !

बॉस – तो फिर गले में टाई बांधकर काम पर आ जाओ !

सबक – जो व्यक्ति आपको अपमानित करता है, आप उसके स्तर तक न गिरें। ख़ुद को ऊंचाई पर ही रखें ताकि पत्थरों की चोट से आप बच सकें।

जब हम ग़ुस्से में या घमंड में होते हैं तो हमारे शब्द वापस न लौटनेवाले तीरों की तरह होते हैं। उनसे हम पर दबाव भी पड़ता है। सच्चाई तो यह है कि यही मानव स्वभाव की कमज़ोरी है और इससे हम सभी को चोट पहुंचती हैं। मेरे दोस्त ने इस सम्बन्ध में मुझे अपने बॉस की एक रोचक आदत के बारे में बताया जिसका पालन वे पन्तनगर विश्वविद्यालय में किया करते थे। अक्सर जब भी उन्हें लखनऊ स्थित अपने अधिकारियों की कोई चिट्ठी डाक से मिलती तो वे उसे पढ़ने और उस पर विचार करने के बाद चौथी दराज में रख देते थे। अगले दिन वे फिर उस चिट्ठी को निकालते और उसके महत्त्व को देखते हुए उसे तीसरी या दूसरी दराज में रख देते। वे कुछ समय बीतने के बाद ही उसका

जवाब देना पसन्द करते थे। इससे होता यह था कि उन्हें चिट्ठी भेजनेवाले का पक्ष समझने में मदद मिलती थी और वे जवाब लिखने बैठते तो उनका नज़रिया भी ग़ैर-पक्षपातपूर्ण होता।

दूसरों की आलोचना करने से पहले तथ्यों की पुष्टि करें

अक्सर ईर्ष्यावश दूसरों पर लगाए गए आरोप या उनमें बुराई निकालने की आदत के चलते परेशानी खड़ी हो जाती है। याद रखें कि जब आप दूसरों पर एक उंगली उठाते हैं तो तीन उंगलियां आपकी तरफ़ इशारा करती हैं। इस विषय में अकबर और बीरबल की कहानी याद आती है।

> **दोष ढूंढनेवाले को हर चीज़ की कीमत का पता होता है लेकिन वह मूल्य किसी का भी नहीं जानता।**
> –ऑस्कर वाइल्ड

महान मुगल बादशाह अकबर ने एक बार अपने चतुर प्रधानमन्त्री बीरबल से अपनी तस्वीर बनाने को कहा। बीरबल ने छह दिन में इस काम को पूरा कर बादशाह को दिखाया। अकबर तस्वीर देखकर बहुत ख़ुश हुए। तब अकबर ने अपने दरबार के अन्य नवरत्नों (बीरबल सहित कुल नौ रतन अकबर के दरबार में थे) से बीरबल की कला की समीक्षा करने को कहा। हरेक ने बड़े ध्यान से तस्वीर देखी और जहां कहीं उन्हें उसमें कमी महसूस हुई वहां एक बिन्दु लगा दिया। एक-एक कर जब उन सभी ने तस्वीर देख ली तो उस पर लगे कई बिन्दुओं के कारण उसकी हालत बिगड़ चुकी थी। अकबर को यह देखकर निराशा हुई और उन्होंने बीरबल से इस बारे में स्थिति स्पष्ट करने को कहा। बीरबल ने कुछ देर सोच-विचार के बाद आठ कोरे कैनवस मंगवाए और एक-एक कर उन सभी से सम्राट अकबर की तस्वीर बनाने को कहा। आठों नवरत्नों में से कोई भी आगे नहीं आया। तब अकबर बुदबुदाए–'कमियां ढूंढनेवाले !'

अगर आप दूसरों को ग़लती करते देखकर उन पर उंगली उठाना चाहते हैं तो ऐसा तभी करें जबकि आप ख़ुद उस काम में निपुण हों। वरना चुप रहें। इस बात को कभी मत भूलें कि जब भी आप दूसरों की आलोचना करते हैं तो आप अपने दुश्मन बनाते हैं। आपकी असली ताक़त अपनी ग़लतियों को स्वीकार करने और ख़ुद पर हंसने में ही है।

21. सादगी बनाए रखें

बेवकूफ़ी भरे सुखों की बजाय साधारण सुख खोजें

जैसे-जैसे मेरे बाल सफ़ेद हो रहे हैं (शायद मैं बूढ़ा हो रहा हूं!), मैं समझता हूं कि मैं अधिक बुद्धिमान भी होता जा रहा हूं। ये खयाल मुझे इसलिए आते हैं क्योंकि मेरी पत्नी जब-तब कहती हैं–'अपनी उम्र तो देखो।'

अलबत्ता, मेरा मानना है कि मेरी ज़िन्दगी अब अधिक सही रास्ते पर चल रही है।

जटिल सवालों का हल ढूंढ़ने में मेरी कोई दिलचस्पी नहीं है। मुझे ख़ुद को अधिक-से-अधिक ख़ुश रखने की इच्छा होती है क्योंकि ख़ुद प्रसन्न होने पर ही मैं दूसरों को भी ख़ुशी दे सकता हूं। मेरा तो यहां तक मानना है कि जब मैं वापस अपने बनानेवाले के पास जाऊंगा तो वे मुझे ऊपर मौज करने तथा धरती पर और अधिक ख़ुशियां बांटने के लिए भेज देंगे।

अपने अज्ञान की जानकारी होना ही ज्ञान की राह में पहला कदम है।

मैं आपके साथ अपनी शोध के उन नतीजों को बांटना चाहता हूं जो तनाव घटाने के लिए ख़ुशियों का ठीक प्रकार से प्रबन्धन करने से जुड़े हैं। ये इस प्रकार हैं :

भविष्य उनका है जो अपने
स्वप्नों की ख़ूबसूरती पर
विश्वास करते हैं।

–इलियानोर रूज़वेल्ट

हेनरी फोर्ड अपनी पत्नी के लिए हर शुक्रवार की शाम को फूलों की दुकान से एक फूल ख़रीदते थे। एक दफ़ा उन्होंने दुकान के मालिक से पूछा–'तुम्हारी दुकान अच्छी चलती है। तुम इसकी कोई नई शाखा क्यों नहीं खोल लेते?'
दुकानदार ने पूछा–'उससे क्या होगा?'
हेनरी फोर्ड ने जवाब दिया–'तब डेट्रोइट में आपकी कई शाखाएं होंगी।'
दुकानदार–'उससे क्या होगा?'
हेनरी फोर्ड–'फिर पूरे अमरीका में भी होंगी।'
दुकानदार– 'फिर उससे क्या होगा?'
हेनरी फोर्ड ने कुछ चिढ़कर कहा– हे भगवान, तुम इतना भी नहीं समझ सकते कि फिर तुम ख़ुश रह सकोगे।'
दुकानदार– 'वो तो मैं अब भी हूं!' यह सुनकर हेनरी फोर्ड चुपचाप वहां से चलते बने।

मैं इस निष्कर्ष पर पहुंचा हूं कि ख़ुशियां दो प्रकार की होती हैं–साधारण ख़ुशियां और बेवकूफ़ी भरी नक़ली ख़ुशियां। दुर्भाग्यवश, हम सभी आदतन दूसरी श्रेणी की ख़ुशियों की तरफ़ ज़्यादा भागते हैं जो वास्तव में, तनाव और दबाव ही पैदा करती हैं। अपने मामले में मैंने इन्हें छोड़कर सीधी-सादी ख़ुशियों तक ही ख़ुद को सीमित रखने की आदत बनाई है।

शायद आप इसका खुलासा चाहते हैं। शुरू में मैं इन दोनों प्रकार के दुखों का अन्तर आपको समझाऊंगा। हाल में आधुनिक युग के नए स्टेटस सिम्बल बनी घड़ियों–जिनकी क़ीमत दो रुपये से लेकर छह लाख रुपये तक थी, पेनों–जो 6,000 रुपये से 20,000 रुपये तक में बिक रहे थे और धूप के चश्मों–जो 35,000 रुपये से 150,000 रुपये में उपलब्ध थे, की ख़बरें सामने आईं। मान लीजिए, आप ऐसा धूप का एक चश्मा ख़रीदते हैं और उसे पहनकर आपको सचमुच शान बढ़ने का अहसास होगा। लेकिन कल्पना कीजिए कि एक दिन आप अपना वह

चश्मा किसी मीटिंग या अपने ऑफ़िस में ही भूल आते हैं तो अगले दिन ऑफ़िस के खुलने तक आपको अपनी इस 'मूर्खता भरी ख़ुशियों' का बख़ूबी अहसास हो जाएगा। अब शहरों में बसे उन अमीरज़ादों का ही उदाहरण लें जो बड़े-बड़े फ़ार्म हाउस तो ख़रीद लेते हैं मगर हफ़्तों तक उनमें जा नहीं पाते। ऐसे में फ़ार्म हाउस में रहने का असली मज़ा अगर कोई लूट पाता है तो वे हैं, उनमें रहनेवाले नौकर- चाकर !

प्रसन्न रहनेवाला इंसान वह नहीं है जो विशिष्ट परिस्थितियों में रहता है, बल्कि वह है जिसके पास विशिष्ट नज़रिया है।

इस मुद्दे पर मेरे शोध ने उस समय और गम्भीर रूप ले लिया जब अपनी अमरीका यात्रा के दौरान मैंने पोर्टलिबर्टी में एक नाव का नाम 'फुलिश प्लेज़र' पाया। जिस प्रकार हमारे देश में ट्रकों और स्कूटरों पर तरह-तरह के नाम लिखे होते हैं, उसी प्रकार वहां नावों पर तरह-तरह के नाम दिखाई पड़ते हैं। मैंने इनके नामों के महत्त्व पर विचार किया और पाया कि ये एक़दम सटीक रखे गए थे। उन महंगी नावों का इस्तेमाल गर्मियों के मौसम में कभी-कभार किसी इतवारवाले दिन शायद एकाध घंटे के लिए होता था। मगर उन पर खर्च धन और उनकी साज-संभाल तो देखिए कितनी थी !

मूर्खता भरा सुख उस स्थिति में साधारण सुख बन जाता है जब उस सुख को भोगनेवाला समय और धन के लिहाज से उसे वहन कर सके। साधारण सुख जहां आपको तनाव-मुक्त रखता है, वहीं मूर्खतापूर्ण सुख आपको तनाव ही देता है।

अगर आप इन्द्रधनुष के सौन्दर्य को निहारना चाहते हैं तो बरसात भी झेलनी पड़ेगी।

साधारण सुखों पर विचार करते समय मैंने वर्षों पहले यह फ़ैसला किया कि मैं चेकों पर (जो हमारे फ़ाइनेंस डिपार्टमेंट की

तरफ़ से दिन-भर में कई बार मुझे भेजे जाते थे, तुरन्त हस्ताक्षर कर दिया करूंगा। जब मैं ऐसा करता तो मुझे अहसास होता था कि मैं उन लोगों को ख़ुशी दे रहा हूं जिन्हें वे चेक मिलते हैं। मैं अपने ऐसे कई दोस्तों को जानता हूं जो इस रूटीन काम को काफ़ी बोरियत भरा और तीसरे दर्जे का काम मानते हैं और ऐसा व्यवहार करते हैं जैसे उनकी जेब से वह पैसा जा रहा हो। लेकिन सच्चाई यह है कि ऐसे काम का अधिकार कुछेक को ही दिया जाता है तो फिर क्यूं न इसका भरपूर मज़ा लिया जाए। सच तो यह है कि साधारण मगर असली और मूर्खतापूर्ण सुखों की परिभाषा आपके दिमाग़ के द्वारा ही तय की जाती है और आप ख़ुद इन सुखों को घटा-बढ़ा सकते हैं।

मौज़-मस्ती और सुख भोगने के लिए ज़रूरी नहीं है कि आप रॉकफ़ेलर या टाटा या बिड़ला हों। आपको सिर्फ़ उस समझदार इंसान की तरह बनना है जो किताबों, दोस्तों या अपने अनुभवों से यह सीखता है कि सच्चा सुख क्या है या कौन-सा रास्ता मूर्ख़तापूर्ण सुखों की तरफ़ जाता है। आपको इन साधारण, सच्चे सुखों के बारे में बताने-भर से ही मैं सुख बटोर रहा हूं। और यदि आप भी ज़्यादा सुखी होना चाहते हैं तो अपने साधारण सुखों के अनुभव उन लोगों के साथ बांटे, जिन्हें आप सुखी देखना चाहते हैं।

22. जो है, काफ़ी है

ज़रूरतें बनाम लालच

प्रसिद्ध हृदय शल्य चिकित्सक डॉ. नरेश त्रेहन का मानना है कि लालच दिल का सबसे बड़ा दुश्मन है। यहां तक कि कठोर श्रम और भागम-भागवाले रूटीन से भी कहीं ज़्यादा! अब डॉ. त्रेहन से पूछा गया कि क्या सभी डॉक्टर व्यस्त रूटीन से बचने की सलाह देते हैं तो उनका जवाब था कि 'यही तो ग़लतफ़हमी है। तनाव आपको उस सूरत में घेरता है जब आप उन सबसे घिरे होते हैं जो आपके दिमाग़ी फ्रेम में फ़िट नहीं बैठता। इसके विपरीत रचनात्मक काम से सुकून मिलता है। मैं सबसे अधिक सुकून ऑपरेशन थियेटर में महसूस करता हूं जब मैं पूरी तरह अपने पास होता हूं। कड़ी मेहनत से कोई नहीं मरता लेकिन बहुत अधिक ऐशो-आराम मृत्यु का कारण बन सकता है। उदाहरण के लिए, इस महीने मुझे कई लेक्चर देने हैं और पढ़ाना भी है लेकिन मैं इनमें से किसी भी काम को रद्द करने के बारे में सोच भी नहीं सकता क्योंकि ऐसा करने पर मुझे लगेगा कि मैं वह सब भी नहीं कर रहा हूं जिसकी क्षमता मुझमें है।'

अपने हाथों नरक के द्वार खोलने के तीन रास्ते हैं–लोभ, क्रोध और कामुकता

वे आगे कहते हैं–'अपने कर्म करने के स्थान को छोड़ते वक़्त आपमें सब कुछ भूल जाने या बन्द करने की क्षमता होनी चाहिए। हर पांच-छह

सप्ताह बाद आपको अपने काम से दो-तीन दिन की छुट्टी लेनी चाहिए ताकि आप तरोताज़ा महसूस कर सकें। और इस बात को तो गांठ बांधकर रख लें कि अपने करों का भुगतान अवश्य करें। दिल की देखभाल के लिए यह ज़रूरी है ! लालच दिल का सबसे बड़ा दुश्मन है !

अक़्सर ख़ुद से पूछें–'क्या ऐसा करना ज़रूरी है?', 'क्या मुझे सचमुच इसकी ज़रूरत है?', 'क्या मेरा जाना आवश्यक है या मैं फ़ोन, पार्सल, डाक अथवा मेल का इस्तेमाल कर सकता हूं? ज़िन्दगी खींचतान से भरी है ! जीवन का अर्थ ही समझौता है ! मैं बहुत-से स्थानों पर नहीं जा सकता और इस कारण मेरा सामाजिक दायरा सिकुड़ता जा रहा है। लेकिन कोई बात नहीं। मैं वही काम करता हूं जो मुझे पसन्द है जैसे अपने परिवार के साथ समय बिताना और पढ़ना-लिखना। साथ ही मैं उन सभी विषयों पर भी विचार करता हूं जिनके बारे में सोचा जा सकता है जैसे, इन्द्रधनुष, बर्फ़ और कल्पनालोक की बातें। शायद यही वजह है कि मैं पूरी तरह सुकून में हूं।

उत्साह एक ऐसा ज्वालामुखी है
जिसके मुख पर अनिर्णय रूपी
घास कभी नहीं उग सकती।
–खलील जिब्रान

23. समय का महत्व

अपने समय का भी धन की भांति प्रबन्धन करें

क्या आप जानते हैं कि सत्तर वर्ष का जीवन किस प्रकार गुज़रता है? औसतन पचीस वर्ष नींद में, आठ वर्ष पढ़ाई और शिक्षा में, छह वर्ष आराम तथा बीमारी में, सात वर्ष छुट्टियां बिताने और मनोरंजन में, पांच वर्ष यात्रा करने में, चार वर्ष का समय खाने-पीने और तीन वर्ष इन सबकी तैयारी में ही बीत जाता है।

इस तरह आपके पास कुल बारह वर्ष ही प्रभावी रूप से काम करने के लिए बचते हैं। चार्ल्स श्वैब नाम के एक अमरीकी करोड़पति ने 1936 में एक कंसल्टेंट को 25,000 डॉलर की रक़म सिर्फ़ इस बारे में उसे सलाह देने के लिए ख़र्च की थी कि वह समय जैसे बेशक़ीमती और दोबारा वापस नहीं लौटनेवाले संस्थान का बेहतरीन इस्तेमाल कैसे कर सकता है। कंसल्टेंट ने श्वैब को हर रोज़ 'टू डू लिस्ट' यानी उस दिन करनेवाले कार्यों की सूची बनाने और फिर मामूली कार्यों में से कुछ महत्त्वपूर्ण को प्राथमिकता के आधार पर करने की सलाह दी।

आप भी इस महत्त्वपूर्ण बात को जानने के बाद अपने समय का बेहतर ढंग से इस्तेमाल कर सकते हैं। जब आप एक बार ऐसा करना शुरू करेंगे तो आपको मज़ा भी आने लगेगा।

टाइम मैनेजमेंट यानी समय-प्रबन्धन के बारे में जानने के लिए आप

अपने हरदम मुस्कुराते सहयोगियों की गतिविधियों के बारे में जानें। आप इस सम्बन्ध में नीचे दिए गए उपायों से भी सीख ले सकते हैं जो दरअसल, अपना समय बेहतर तरीक़े से इस्तेमाल करनेवाले लोग अपनाते हैं :

1. दफ़्तर में अपनी चीज़ों को इस तरह से रखें कि जिसकी भी ज़रूरत पड़े वह तुरन्त मिल जाए।
2. स्वयं चेकलिस्ट का प्रयोग करें और दूसरे से भी इसका इस्तेमाल करने को कहें।
3. बार-बार के हस्तक्षेप से बचें। दूसरों को अपने काम के बीच में हस्तक्षेप न करने दें और न ही आप दूसरों के साथ ऐसा करें। एक दफ़ा मैंने ऐसा बॉस देखा जिसने दिन-भर में छब्बीस बार अपने सेक्रेटरी को अपने केबिन में बुलाया। उस बेचारे सेक्रेटरी की स्थिति की कल्पना आप ख़ुद कर सकते हैं।

अक्सर हम उन चीज़ों पर ज़्यादा समय देते हैं जिन्हें हम पसन्द करते हैं जबकि उन्हें छोड़े देते हैं जिन पर अधिक समय दिया जाना चाहिए। क्या आपने पार्कर सिद्धान्त के बारे में सुना है?

पार्कर ने अफ्रीका, एशिया, आस्ट्रेलिया और भारत में तीन दशकों तक फोर्ड ट्रैक्टर बेचने की अवधि में इस सिद्धान्त को जाना। दरअसल, एक ऐसी मामूली-सी घटना से इसका पता चला, जैसी कि आए दिन हमारे जीवन में घटती रहती हैं।

पार्कर सिद्धान्त : हर कोई वह काम करना चाहता है जो उसे पसन्द है, न कि वह जो उसे करना चाहिए।

हुआ यूं कि रोड रोलर्स की एक खेप रेल-मार्ग से पटना भेजी गई। मुख्यालय ने अपने रेजीडेंट प्रतिनिधि को खेप पहुंचने के समय की जांच करने के निर्देश दिए ताकि देरी होने पर देय शुल्क से बचा जा सके। प्रतिनिधि ने ठीक ऐसा ही

किया। अठारहवें दिन खेप पहुंची और ठीक-ठाक पाई गई। लेकिन क्षेत्रीय प्रतिनिधियों की बैठक में उक्त प्रतिनिधि ने बताया कि वह खेप के बारे में जानकारी रखने के लिए हर रोज़ स्टेशन जाया करता था। दरअसल, वह बड़े आराम से आस-पास के शहरों का दौरा कर सकता था और खेप की जानकारी लेने के लिए एक असिस्टेंट नियुक्त कर सकता था। लेकिन वह अपने परिवार के साथ रहना चाहता था, इसलिए उसने पटना में रुके रहने का बढ़िया-सा बहाना ढूंढ़ निकाला। सच तो यह है कि वह अपने समय के उचित इस्तेमाल को लेकर जरा-भी चिन्तित नहीं था।

अगर आप ठीक तरह से अपने समय का इस्तेमाल करना चाहते हैं तो सबसे पहले यह पता लगाएं कि आपका वक़्त जाता कहां है।

अपने सेक्रेटरी या असिस्टेंट से कहें कि वह छह दिन तक आपके समय पर नज़र रखे और तब तुलना करे कि वास्तव में, आपको किस काम में समय लगाना चाहिए था।

अपने समय-चोर को जानें–ये पूरे छह हैं ! कहीं यही तो नहीं हैं आपका समय चुरानेवाले :

1. अक्सर होनेवाली बैठकें–जिनका कोई एजेंडा नहीं होता !
2. बैठक के लिए तैयार ही नहीं होना।
3. दूसरों के तथा आपके काम में बार-बार रुकावटें।
4. अपने लिए काम करनेवालों को विस्तृत ब्यौरा/निर्देश नहीं देना।
5. समय पर फ़ैसले न लेना।
6. आंकड़ों में उलझे रहना–बहुत अधिक आंकड़ों से कोई लाभ नहीं है।

अपने समय की बचत करने के तरीके जानें–ये भी पूरे छह हैं। शायद ये हो सकते हैं :

1. सुबह जल्दी उठना और रात में देर से सोना, आपको छह घंटे से ज़्यादा नींद नहीं चाहिए।
2. अपना वाहन रखें। अगर अपनी कार आपको पत्नी या बच्चों को देनी भी पड़े तो मोटरसाइकिल ज़रूर ख़रीद लें।
3. उन सामाजिक समारोहों से बचें जिनमें आपके स्थान पर आपके प्रतिनिधि के जाने से भी काम चल सकता है।
4. टेलीफ़ोन का सर्वाधिक इस्तेमाल करें। इंटरकॉम लगाएं। टेलीग्राम, फ़ैक्स, ई-मेल से सन्देशों का आदान-प्रदान करें।
5. अपनी पत्नी की बात सुनें। पहले वही करें जो वह कहती है। पत्नी के पीछे पड़ जाने की आदत से जितना हो सके, बचें।
6. अपने बॉस की बात पर ध्यान दें और वही करें जो वे कहते हैं।

अपने प्रशिक्षण कार्यक्रमों में भाग लेनेवालों से मैं कहता हूं कि वे सौ रुपये का नोट निकालें। उनमें से कुछ झटपट ऐसा करते हैं। फिर मैं उनसे कहता हूं कि वे नोट के दो टुकड़े करें। हर कोई मेरी तरफ़ देखता है मगर कोई भी नोट नहीं फाड़ता। तब मैं अपनी जेब से सौ का नोट निकालकर उसके दो टुकड़े कर डालता हूं। वे सभी उस वक़्त मेरी तरफ़ ऐसे घूरते हैं जैसे मैंने कुछ ग़लत या गैर-क़ानूनी काम किया हो। तब मैं उन्हें समझाता हूं कि हम उस फटे नोट को लेकर परेशान होते हैं जिसे बैंक में बदलवाया जा सकता है, मगर बातचीत में या अकुशल तरीक़े से काम करने पर होनेवाली समय

अपने जीवन में ढेरों गति-विधियों को ठूंसने से बचें क्योंकि ऐसा करके आप खुद को तनावपूर्ण बनाएंगे। जीवन खुद ही एक विशाल मेन्यू है। जब वह कुछ अच्छा आपकी तरफ बढ़ाए तो थोड़ा बहुत चुनकर शेष आगे बढ़ा दें। माला नहीं बल्कि गुणवत्ता ज्यादा महत्त्वपूर्ण है। एक लालची आदमी तनाव में जीता है।

की बर्बादी से ज़रा भी परेशान नहीं होते।

ईश्वर ने हम सभी को, मुझे भी और आपको भी एक दिन में चौबीस घंटे का समय दिया है। तो फिर ऐसा क्यूं है कि कोई हमेशा हड़बड़ी में रहता है तो किसी के पास ढेर सारा समय होता है (यानी वह आलसी भी होता है) जबकि कुछ बेहद तसल्ली और सुकून से रहते हैं?

दफ़्तरों में भी यह आम बात है। जब आप किसी को कोई काम करने को कहते हैं और जिस व़क्त आपको नतीजों का इन्तज़ार होता है तो आप पाते हैं कि वह कुछ और करता रहा है क्योंकि उसे वह पसन्द था, न कि वह काम जो उसे करना चाहिए था।

लोग इस तरह का बर्ताव क्यूं करते हैं। शायद यह इंसानी फ़ितरत है।

ऐसे मामले में हम किसी को किस प्रकार प्रेरित कर सकते हैं? पैसा समाधान नहीं हो सकता। ऐसे व्यक्ति को सिर्फ़ गतिविधि के विषय में मत समझाएं। उसे लक्ष्य दिखाएं ताकि वह जान सके कि मंज़िल को पाने की सही दिशा क्या है और उस दिशा में कितनी ताक़त लगाने की ज़रूरत है।

24. प्राथमिकता तय करें

अगर आप तारों को पाना चाहते हैं तो हो सकता है कि आपके हाथ एक भी तारा न लगे, लेकिन यह भी तय है कि उस सूरत में आपके हाथ कीचड़ से भी नहीं सनेंगे।

आपकी ज़िन्दगी का उद्देश्य क्या है? जब मैं ट्रेनिंग कार्यक्रमों में यह सवाल करता हूं तो मुझे अलग-अलग जवाब मिलते हैं। मुझे यह तय करना है कि मेरी ज़िन्दगी का लक्ष्य सबसे पहले अपने आपको ख़ुश रखना है। अगर मैं ख़ुश हूं, तभी दूसरों को भी ख़ुश रख सकता हूं।

जब हम अपना लक्ष्य तय कर लेते हैं तो ख़ुश होते हैं। हम बहुत अधिक समय तक तनावग्रस्त नहीं रह सकते। ख़ुश रहने के लिए मेरे लक्ष्य हैं–अपनी जॉब में श्रेष्ठ प्रदर्शन करना तथा जब मैं काम नहीं कर रहा होता हूं, उस दौरान भी व्यस्त रहना।

हमारी जॉब, बिज़नेस और सामाजिक जीवन सभी के दो पहलू होते हैं–एक ज़रूरी और दूसरा ग़ैर-ज़रूरी। हम सिर्फ़ ज़रूरी काम करके भी अपना काम चला सकते हैं। यही कारण है कि हममें से कई कम समय के लिए और कम पैसे में काम करके भी सफल हो जाते हैं। ज़रूरी को ग़ैर-ज़रूरी से अलग करने के लिए आपको समझदार बनना होगा।

एक समय में एक काम करें

मैं एक बार में एक ही काम पर ध्यान देता हूं। पहले मैं एक ही समय में कई कामों पर ध्यान देता था, ताकि मैं कई लक्ष्यों को जल्द-से-जल्द प्राप्त कर सकूं। मैं बीस वर्षों तक हर रोज़ फ़रीदाबाद तक अपनी गाड़ी से आया-जाया करता था। तनावरहित होकर गाड़ी चलाने पर मुझे एस्कोर्ट्स पहुंचने में पैंतीस मिनट लगते थे जबकि तनाव के साथ ड्राइविंग करते हुए केवल अठाईस मिनट लगते थे। मैंने महसूस किया कि हर रोज़ इन सात मिनटों को बचाने के लिए मशक़्क़त करना निरी बेवक़ूफ़ी है !

जब आपका लक्ष्य होता है तो आप टाल-मटोल नहीं करते, आलस्य को दूर भगाते हैं और दिमाग़ी खरपतवार को उखाड़ फेंकते हैं।

एक और फ़ायदा यह भी था कि तनावरहित ड्राइविंग के समय मैं अपने दिमाग़ की फ़्लॉपी को देख-पढ़ सकता था और इससे मुझे कई बातों को बेहतर तरीक़े से समझने में भी मदद मिलती थी।

कई बार अपनी प्राथमिकताओं को नए सिरे से तय करने पर आप अपनी दिमाग़ी उलझनों और दबावों से बच सकते हैं। इस बात को और सफ्ष्ट करने के लिए मैं आपको एक कहानी सुनाता हूं :

एक वर्ष में दस लाख डॉलर कमानेवाले सबसे पहले कर्मचारी अमरीका के वाल्टर क्रिसलर और चार्ल्स श्वैब थे। श्वैब ने एक बार एक कंसल्टेंट से पूछा कि एक दिन में वह कैसे अधिक काम कर सकता है। कंसल्टेंट ने उसके साथ एक सप्ताह बिताने के बाद यह सलाह दी–

'हर सुबह उन छह सबसे महत्त्वपूर्ण कार्यों की सूची तैयार करेंगे जो आपको उस दिन करने हैं। पहले काम को पहले और फिर दूसरे और तीसरे काम को अंजाम दें। और अगर तब तक दिन बीत

जाए तो अगले दिन तीन काम और जोड़ लें। एक महीने तक यह क्रम दोहराएं और अगर इससे आपका काम चल निकले तभी मेरा भुगतान करें।'

श्वैब ने उक्त कंसल्टेंट को 25,000 डॉलर भेज दिए।

आप और हममें से ज़्यादातर अक्सर करते यह हैं कि एक ही वक़्त में कई क़िस्म के काम हाथ में ले लेते हैं। इस प्रकार के घालमेल से हम भ्रम में पड़ जाते हैं। पर 80/20 के सिद्धान्त को भूल जाते हैं। इस सिद्धान्त के मुताबिक हमारी बीस प्रतिशत गतिविधियां अस्सी प्रतिशत नतीजों की ज़िम्मेदार होती हैं और इसका उलट भी सच है। यह सिद्धान्त सभी क्षेत्रों पर लागू होता है, मसलन चल सम्पत्ति की सूची, बक़ाया रकम, बिक्री, वगैरह-वगैरह। सच तो यह है कि 80/20 का यह आंकड़ा 70/30 या 60/40 भी हो सकता है।

प्रभावी बनें . . . फ़िलहाल वे काम करें जो ठीक हैं। फिर उन कार्यों को ठीक प्रकार करके कुशल बनने की कोशिश करें। अक्सर हम इसका उलट करते हैं–यानी ग़लत और ग़ैर-ज़रूरी कार्यों को करने में अपनी ऊर्जा और उत्साह लगाते हैं।

लक्ष्य निर्धारित होने चाहिए और उनके लिए निश्चित समयावधि तय करें

किसी भी लक्ष्य को प्राप्त करने की एक निश्चित कार्य-योजना तय की जानी चाहिए और उसे पूरा करने की तारीख़ भी सुनिश्चित की जाए। हर लक्ष्य का सार्थक अन्त हो यानी आपको उससे सन्तुष्टि तथा आन्तरिक प्रसन्नता मिलनी चाहिए। साथ ही उससे दूसरों को आनन्द मिले और आपके मन

> **आप जो ख्वाब देख सकते हैं उसे यक़ीनन पूरा भी कर लेंगे।**
> –वाल्ट डिज़नी

में अपराध-बोध भी नहीं होना चाहिए। आपके प्रियजनों को भी इससे ख़ुश होना चाहिए।

कई वर्ष पहले मैंने अपने बेटे से पूछा कि वह हमारे घर के आसपास जॉगिंग करने की बजाय इंडिया गेट (जो हमारे घर से छह किलोमीटर की दूरी पर था) जॉगिंग के लिए क्यों जाता है। उसने जवाब दिया कि जब वह इंडिया गेट को अपना लक्ष्य चुनता है तो वहां तक दौड़ने के बाद उसे फिर उतने लम्बे रास्ते पर लौटना होता है जबकि अपने लॉन में जागिंग करने पर हो सकता है कि वह मन न होने पर कुछेक चक्कर दौड़ने के बाद ही रुक जाए।

हर लक्ष्य निश्चित होना चाहिए और उसकी समय-सीमा भी पूर्व निर्धारित होनी चाहिए। इसका उदाहरण जॉन एफ. केनेडी का यह ऐतिहासिक बयान है–'मैं सोचता हूं कि इस राष्ट्र को इस दशक के बीतने से पहले ही चांद पर मनुष्य को उतारने का लक्ष्य हासिल करने का संकल्प लेना चाहिए।'

लक्ष्य निश्चित हो जाने के बाद आप कम अवधि में पेश आनेवाली दिक़्क़तों से आसानी से पार पा सकते हो। उचित तरीक़े से काम करने की ठान लेने पर आप अपने लक्ष्य की दिशा में बढ़ते हैं। हो सकता है कि आप अपने उद्देश्य से कई मील दूर जा पड़ें लेकिन कम-से-कम आपकी दिशा तो ठीक होगी। वास्तव लक्ष्य में, एक निश्चित समयावधि को ध्यान में रखकर देखा गया सपना-भर होता है।

ख़ुशियां, धन-दौलत, प्रसिद्धि, आनन्द, सफलता, तनाव का कम होना और अधिक किताबें लिखना, यात्रा करना वगैरह दरअसल, लक्ष्य-निर्धारण के बाइ-प्रोडक्ट हैं।

अपने उद्देश्य की डगर पर छोटे-छोटे क़दम रखें। बहुत-से लोग अपनी मंज़िल तक इस कारण से नहीं पहुंच पाते क्योंकि वे जल्दी-जल्दी बड़े क़दम उठाते हैं। ऊंची छलांग लगानेवाले को ही देखें। सच तो यह है कि

हमें लक्ष्य निर्धारण के तौर-तरीक़े खिलाड़ियों से सीखने चाहिए। अगर ऊंची छलांग लगानेवाला खिलाड़ी का लक्ष्य छह फुट होता है तो वह कभी भी छह फुट से ही शुरुआत नहीं करता। उसका अभ्यास 4, 4¼, 4½ से शुरू होता है... !

मैं आपको अपना उदाहरण बताता हूं। 1966 में मैंने अपने एक-एक पंक्तियों के प्रेरक अनुभवों को साइक्लोस्टाइल करवाकर और लोगों को भी पढ़वाना शुरू किया। मेरे दोस्तों ने इन्हें पसन्द किया। इस प्रकार मैंने दो पृष्ठों का अपना संग्रह छपवाया। कुछ वर्ष बाद इनसे एक छोटी पुस्तिका तैयार हो गई। फिर मैंने एक आर्टिस्ट की सेवाएं लीं और उन प्रेरक प्रसंगों से सम्बन्धित चित्र तैयार करवाए। यह 1980 की बात है। अगले दस वर्षों में मैंने कुछ और बड़े क़दम उठाए और अन्ततः 1991 में मेरी पुस्तक 'मैनेजमेंट थॉट्स' सामने आई।

जब 1966 में मैंने लिखना शुरू किया था तो मैं किसी मीटिंग में छह वाक्य भी नहीं बोल सकता था। मुझे ख़ुद पर शर्म आती थी। फिर मैंने अच्छा वक्ता बनने की ठानी। मैंने छोटे-छोटे क़दम रखते हुए पहले अपने स्टाफ़ के साथ ही बोलना शुरू किया। फिर मैंने डीलर्स के साथ यह उपाय अपनाया। अब मैं कई सौ लोगों के साथ कुछ घंटों तक स्लाइड प्रोजेक्टर की मदद से बात कर सकता हूं। एक दिन ऐसा भी आएगा जब मैं प्रोजेक्टर के बगैर ही ऐसा कर पाऊंगा।

25. ...तो नतीजे भुगतने को तैयार रहो

हो सकता है, ज़िन्दगी ही आपको दग़ा दे जाए !

सौभाग्यवश 1958 से 1962 तक मैं अमरीका में मिनियापोलिस स्थित मिनेसोटा में पढ़ा था। और वहां रहते हुए मैंने यह महत्त्वपूर्ण बात सीखी कि मुझे कभी भी नौकरी से निकाला जा सकता है। एस्कोर्ट्स में अपनी इकतीस वर्षों की नौकरी के दौरान मैं यही सोचा करता था कि ऐसा मेरे साथ भी हो सकता है। लेकिन ऐसा हुआ नहीं क्योंकि मैंने अपनी नौकरी को कभी भी स्थायी नहीं समझा और मैं हर रोज़ कुछ-न-कुछ नया सीखता रहा, जो बाद में कभी भी ऐसी परिस्थिति में मेरे काम आ सकता था।

1960 में मैं टेलेक्स इंक. में पार्ट-टाइम एकाउंटेंट के तौर पर काम करता था। एक दिन दोपहर में मेरे बॉस ने फ़ोन पर मुझे कहा, 'प्रमोद, कल से दफ़्तर मत आना हम तुम्हारा चेक भिजवा देंगे।' यह सुनकर मैं तो मानो धरती में ही गड़ गया ! मेरे लिए यह बहुत बड़ी बात थी। फिर मैंने साहस बटोरकर अपने बॉस से कहा कि वो मुझे कम-से-कम इस बारे में तो सलाह दें कि नई नौकरी किस प्रकार ढूंढूं। चूंकि मैं विदेशी छात्र था, इसलिए मेरे बॉस ने रिसेप्शन एरिया में मुझसे मुलाक़ात की और कहा कि मेरे अनियमित होने के कारण वे मुझ पर निर्भर नहीं हो सकते। इसलिए अगर मैं कोई बेहतर जॉब पाना चाहता हूं तो मुझे नियमित होना पड़ेगा। भगवान उन्हें लम्बी उम्र दें, उनकी कही यह बात एक़दम सच साबित हुई।

इस घटना से मुझे सीख मिली कि–अपनी जॉब को स्थायी नहीं समझना चाहिए। हमें याद रखना चाहिए कि अपने माता-पिता और बच्चों के अलावा दुनिया का कोई सम्बन्ध 'पक्का' नहीं होता! मेरा अनुभव तो कहता है कि जितना ऊंचा हम उठेंगे उतनी ही गहराई में गिरेंगे। कभी भी यह मत समझें कि आपके बगैर किसी का काम रुक जाएगा। मैं इस बात को साबित करने के लिए एक उदाहरण देता हूं। पानी से भरी एक बाल्टी लें और अपनी कलाई तक हाथ डुबोएं। पानी में हाथ ज़ोर-ज़ोर से घुमाएं और तुरन्त बाहर निकाल लें। तब जो छेद पानी में रह जाएगा आपकी कमी भी बस उसके बराबर ही महसूस की जाएगी। आप पानी को ज़ोर-ज़ोर से हिलाते हुए उसमें तूफान तक ले आएं मगर जिस क्षण आप अपना हाथ बाहर निकालेंगे ठीक उस वक़्त पानी अपनी पहले की स्थिति में होगा।

अब मैं आपको यही कहूंगा कि अपने 'नेटवर्क' पर पूरी नज़र जमाए रखें। जब दूसरों को नौकरी से निकाला जा रहा हो तो उनकी मदद करें; हो सकता है, बाद में आपके साथ जब ऐसा हो रहा होगा तो आपको उनका सहयोग मिल सकता है।

मत भूलें कि आपका बैंकर आपको नौकरी से निकाल सकता है, आपके कस्टमर आपको दग़ा दे सकते हैं, आपके सिद्धान्त और समर्थक तक आपको धोखा दे सकते हैं।

आज की ज़मीनी सच्चाई है–तैयार रहें या प्रतियोगिता से बाहर हो जाएं। यानी पहले से तैयार व्यक्ति ही इस दौर में फ़िट है। मैं सेना के एक ऐसे जनरल को जानता हूं जो सोचा करता था कि वह सेना के प्रति निष्ठावान और ईमानदार है। वह अपनी नौकरी में ही इस हद तक डूबा रहा कि

अपना भविष्य सुरक्षित रखने के लिए सुनिश्चित करें कि अपने कार्यक्षेत्र में आपकी सक्रिय उपस्थिति बनी रहे। आज जो आपके प्रतिद्वन्द्वी हैं, वे कल आपके बॉस हो सकते है!

उसने अपने नेटवर्क को विकसित ही नहीं किया। मैं सेना को दोष नहीं देता। दरअसल, जनरल को तो एक-न-एक दिन रिटायर होना ही था। तो फिर उन्होंने इस सच का सामना करने के लिए ख़ुद को तैयार क्यों नहीं किया?

मैं नौकरी से निकाले जाने के विषय पर अपने हल्के-फुल्के शोध के बारे में आपको बताना चाहता हूं। ऐसा करने का मकसद आपको आशंकित करना नहीं है बल्कि आनेवाले कल के लिए तैयार करना है, यदि आप ऐसा करना चाहते हैं तो।

हो सकता है कि आपकी ज़िन्दगी ही दग़ा दे जाए–कैंसर, अल्सर, ओपन हार्ट सर्जरी और ऐसी एक हज़ार एक बीमारियां ऐसा कर सकती हैं। क्या आप जानते हैं कि ऐसी किसी भी परेशानी से निपटने के लिए आपको कुछ सौ से लेकर हज़ारों रुपये तक की ज़रूरत पड़ सकती है? तो फिर इसकी तैयारी क्यूं न करें? मान लीजिए, आपको हार्ट ट्रांसप्लांट कराना पड़े तो, तो इसके लिए आपको एक करोड़ रुपये की ज़रूरत होगी।

आपके दोस्त, प्रशंसक, साथी, सम्बन्धी, स्कूल-कॉलेज के सहयोगी, ग्राहक, पड़ोसी, सलाहकार–इनमें से कोई भी आपको धोखा दे सकता है। आपके पास काफ़ी धन-दौलत हो सकती है, मगर शायद एक भी शौक़ नहीं। अमरीका में लोग नौकरी से निकाले जाने पर कॉलेज में दाखिला ले लेते हैं, ताकि वे ख़ुद को व्यस्त रखने के साथ-साथ मौज़-मस्ती भी कर सकें।

अमरीका में एक जीवनकाल में औसतन दस नौकरियां बदलना सम्भव है। इनमें से आधी का कारण तो नौकरी से निकाला जाना ही होता है। मत भूलें कि हेनरी फोर्ड ने ली आयकोका को नौकरी से बर्ख़ास्त

> **यदि हर रगड़ आपको तकलीफ पहुंचाती है तो आप शीशे को चमकदार कैसे बना पाएंगे।**
> **–रूमी**

कर दिया था ! लेकिन आयकोका ने उसके बाद इतिहास रच डाला। उसकी पत्नी ने उसे समझाया कि वह फोर्ड को तरह-तरह के नामों से चिढ़ाने की बजाय मार्केट में उससे मुक़ाबला करे। उसने पत्नी की इस सलाह पर अमल कर सफलता हासिल की।

कैश कचरा नहीं है

अमरीकावासी उपभोकतावाद में इस हद तक डूब चुके हैं कि नौकरी से बाहर किए जाने पर उन्हें काफ़ी धक्का पहुंचता है। मैं आपको एक जापानी की तरह बनने की सलाह दूंगा जो एक अच्छा बैंक बैलेंस बनाए रखने में विश्वास रखता है। कैश के होने पर आप दुनिया में कहीं भी होने पर ख़ुद को तनावरहित पाते हैं। मूर्खता नहीं करें, जैसी कि हम में से ज़्यादातर अपनी नौकरी की शुरुआत में अक्सर करते हैं–कैश को फ़ालतू मानकर। यह ठीक है कि कई तरह के अनधुले हाथों से गुज़रनेवाले नोट-सिक्के बेहद गन्दे होते हैं परन्तु ये ही आपको सुरक्षा का अहसास भी देते हैं।

मेरे दोस्त प्रोफ़ेसर कंवरलाल ने एक दफ़ा बेहद मासूमियत से मुझसे पूछा, 'बत्रा, मान लो कि तुम पिचहत्तर वर्ष से भी अधिक जियो तो . ..?' इस सवाल से मैं सोच में पड़ गया। मैं नहीं चाहता कि मैं अपने धन से अधिक जिऊं। क्या आप ऐसा चाहते हैं?

अमरीका में औसत आयु उनासी वर्ष है और जापान में तो यह इससे भी अधिक है ! इस दौर में तैयार दवाइयों के सहारे हो सकता है कि आप दीर्घायु हों लेकिन तब क्या आप तनावमुक्त भी होंगे? तो फिर क्या लाभ है? सच तो यह है कि अठावन या साठ अथवा पैंसठ का कोई जादुई आंकड़ा नहीं है।

लेकिन हममें से कई एक ही तांगे पर सवार रहकर पहले से ही घाटे में पड़े उद्योगों और कम्पनियों के पिछड़े क्षेत्रों में अपने कौशल रूपी घोड़े चलाते रहते हैं। आनेवाले जीवन में तनाव के पलों को अभी से देखने के

लिए आपको क्रिस्टल-बॉल की ज़रूरत नहीं है। इसलिए अभी से अपने आपको मुसीबत की राह से बचाकर रखें।

सफल होने के लिए आपको उत्साह और रचनात्मकता की ज़रूरत होती है–अनुभव और योग्यता से भी कहीं ज़्यादा। दरअसल, रातों-रात मिलनेवाली सफलता के पीछे बीस वर्षों का उत्साह और रचनात्मकता छिपी होती है।

26. मैं ठीक हूं, आप भी ठीक हैं

नए लोगों, नई जगह, नई परिस्थितियों से पैदा होनेवाले डर से बचने के लिए आपको वास्तव में, उतना सब जानने की ज़रूरत नहीं पड़ती जितना कि आप सोचते हैं। ऐसे सवाल पूछें जिनके जवाब 'हां' या 'नहीं' से कुछ ज़्यादा हों। इस तरह आप दूसरों को बात करने के लिए प्रोत्साहित करेंगे और अपनी चिन्ताओं, शंकाओं, अनिश्चितताओं को दूर भगाने में क़ामयाब हो सकेंगे। आपके पास बेहतर सूचना होगी–'यदि ऐसा न...' जैसी आपकी आशंकाएं कम होंगी और आपका आत्म-विश्वास भी बढ़ेगा। मैं ऐसा ही करता हूं। मान लीजिए, मुझे तीन बजे किसी सेमीनार में भाग लेना है तो मैं एक बजे ही वहां पहुंचकर सेमीनार में भाग लेनेवालों के साथ लंच करता हूं, क्लास में बैठकर पिछले स्पीकर का भाषण सुनता हूं और इस तरह मैं अपने भाषण के लिए पूरी तरह तैयार हो पाता हूं। मैं अपने कोडेक स्लाइड प्रोजेक्टर को ख़ुद चलाता हूं और इस प्रकार अपनी शंकाओं को दूर करता हूं। जब स्लाइड्स एक-एक कर स्क्रीन पर आती हैं तो मुझे अपने भाषण

> **बातचीत की शुरुआत, सबसे पहले हमारे भीतर ही होनी चाहिए। अगर हम अपने भीतर ही शान्त नहीं रह सकते तो दुनिया में शान्ति किस प्रकार कायम करेंगे।**
>
> –तिक न्हात हन्ह

की ख़ास बातें, कहानियां और उससे जुड़ा हंसी-मज़ाक़ सब याद आ जाता है। मुझ अनजान और बिना जांचे-परखे उपकरणों से भी नहीं जूझना पड़ता। इस बीच, मैं कोर्स डायरेक्टर से पूछ भी लेता हूं कि कार्यक्रम को अधिक प्रभावी बनाने के लिए क्या-क्या बदलाव चाहते हैं। नतीजा यह होता है कि सेमीनार में भाग लेनेवालों की आंखों में चमक बढ़ जाती है और मेरी चिन्ता कम हो जाती है।

इस अमरीकी कहावत को कभी मत भूलें, 'अगर आप दस मिनट जल्दी पहुंचे हैं, तो भी आप पांच मिनट देर से आए हैं!' इसलिए किसी भी एपाइंटमेंट या मीटिंग में निर्धारित समय से पन्द्रह मिनट पहले पहुंचने की आदत डालें।

जो आपके साथ अभद्रता से पेश आते हैं, आप उनके साथ भी विनम्र बने रहें। याद रखें कि आप दूसरों के प्रति विनम्र इसलिए नहीं होते कि वे शिष्ट हैं बल्कि इसलिए कि आप ऐसे ही हैं।

27. बच्चों की तरह बनें , लेकिन बचपना नहीं करें

जब कभी दबाव से गुज़रें तो चिल्लाएं

मैं ने अपनी पोती गायत्री से यह बात सीखी है, जो एक वर्ष में पहले अपना जन्मदिन मनाने न्यूयार्क से हमारे पास आई थी। सच तो यह है कि हमने अपनी ख़ुशी के लिए जन्मदिन मनाया था, उसे तो पता भी नहीं था कि क्या हो रहा है। मैंने पाया कि वह नब्बे प्रतिशत समय तक तो ख़ुश थी। जब कभी भी उसे कोई अच्छा नहीं लगता था, जैसे उसकी दादी या नानी तो वह उन्हें छोड़कर अपने दादा या नाना के पास आ जाती थी और उसे इस बात से कोई फ़र्क़ नहीं पड़ता था कि ऐसा करते हुए वह उन्हें तकलीफ़ पहुंचा रही है। वह तुरन्त ख़ुश हो जाती। उसकी रुचि तो सिर्फ़ खेलने और अपनी मनमर्ज़ी की चीज़ें लेने में ही थी। और जब कभी उसे मनमानी चीज़ नहीं मिलती तो वह तब तक रोती-बिलखती थी, जब तक कि उसे वह मिल नहीं जाती।

वह हमारे साथ एक महीने रही और इस दौरान–

वह हंसी, खेली और जो चाहती, वही करती थी।

वही खाती या पीती जो उसे पसन्द था।

बच्चों की तरह सो जाया करती।

अपने खिलौनों के साथ नहीं खेली . . . बल्कि चाबियों के एक पुराने

छल्ले के साथ खेलना उसे अच्छा लगता या फिर अलमारी में से सामान निकालकर उनके साथ खेलती रही, अपने महंगे इलेक्ट्रॉनिक खिलौनों के साथ खेलने की बजाय।

हालांकि मैं इस बात से सहमत नहीं हूं कि मेरी नन्ही गायत्नी की हर बात अच्छी है मगर उससे इतना तो सीखा ही जा सकता है कि जब हम कोई बात पसन्द नहीं करते या फिर बहुत पसन्द करते हैं तो ज़ोर-ज़ोर से चिल्लाएं। क्या यह उचित नहीं है कि हम भी गायत्नी की तरह अपने मन के विचारों को अभिव्यक्त करें–चतुराई से। हम बड़े लोग तमाम औपचारिकताओं में पड़ जाते हैं और दूसरों की भावनाओं को चोट पहुंचने का डर हमें सताता रहता है।

आप अपने बच्चों से उस काम की उम्मीद क्यों करते हैं जो आप ख़ुद नहीं करते?

जो माता-पिता ख़ुद तो ड्रग्स लेते हैं मगर अपने बच्चों को इनसे दूर रहने की सलाह देते हैं, वे सबसे बड़े ढोंगी होते हैं। वे शायद यह भूल जाते हैं कि बच्चों को सही राह पर चलना सिखाने के लिए सिर्फ़ उपदेश काफ़ी नहीं होते। उसके लिए शानदार उदाहरण भी प्रस्तुत करना होता है। इसके बगैर वे भी मम्मी-पापा की तरह नशेड़ी बनने से नहीं चूकेंगे। अगर आप अपने बेटे को मज़बूत बनाना चाहते हैं और बेटी के लिए चाहते हैं कि वह ग़लत रास्ते पर न पड़े तो जैसी सीख देते हैं ख़ुद भी उसका पालन करें। दरअसल, अगर आप ख़ुद पर क़ाबू नहीं रख सकते तो बच्चों पर भी नियन्त्रण नहीं रख पाएंगे।

यदि मां-बाप रुक भी जाएंगे, तो बच्चे ऐसा नहीं करेंगे।

जब भी आप तनाव से घिरे हों तो चिल्लाएं। बच्चे यही करते हैं। कई जागरूक ग्राहक भी ऐसा करते हैं और वही पा भी लेते हैं जो उन्हें चाहिए। लेकिन चिल्लाने से पहले अपना होमवर्क ज़रूर कर लें और परिणाम के बारे में भी सोच-विचार कर लें।

चिलल्लाएं तभी जब आप सच्चे हों

मैंने ड्रग्स के बारे में एक अच्छा विज्ञापन देखा जिसके बारे में मैं आपको भी बताना चाहूंगा।

इस विज्ञापन से मुझे एक ज़बरदस्त सन्देश भी मिला। बतौर अभिभावक हमें तब तक बच्चों पर नहीं चिल्लाना चाहिए जब तक कि हमारा ख़ुद का आचरण सही न हो। वरना हमारी विश्वसनीयता क्या होगी? मैं इस बारे में आपको एक कहानी सुनाता हूं, उसका भी यही सन्देश है :

एक मां इस बात को लेकर काफ़ी परेशान रहती थी कि उसका बच्चा बहुत चीनी खाता था। वह दिन में कई-कई बार मीठी चीज़ें खाया करता था। इस बारे में अपने कई मित्रों के साथ सलाह-मशविरा करने के बाद मां ने एक गुरु के पास जाने का निश्चय किया। गुरु को प्रणाम करने के बाद उस महिला ने अपनी परेशानी उन्हें बताई। गुरु ने ध्यान से उनकी बात सुनने के बाद पन्द्रह दिन बाद बेटे के साथ उन्हें दोबारा आने को कहा। जब मां-बेटे पन्द्रह दिन पश्चात गुरु के पास गए तो उन्होंने बीस दिन बाद उन्हें फिर आने को कहा। फिर मिलने पर गुरु ने उन्हें तीस दिन के बाद आने को कहा। वे फिर से गुरु से मिलने गए। गुरु उन्हें देखकर ख़ुश हुए। मगर मां परेशान थी और उसने गुरु मन्त्र देने को कहा। तब गुरु ने बेटे से कहा कि वह चीनी नहीं खाए और अपने इस संकल्प को हमेशा याद रखे। लगता था जैसे गुरु-चेला दोनों एक-दूसरे को समझ रहे हैं। लेकिन इतनी सरल बात सुनकर मां अपने आप पर क़ाबू नहीं रख सकी और गुरु से बोली, 'गुरुजी, अगर आपको इसे यही कहना था तो यह बात तो आप हफ़्तों पहले भी कह सकते थे।' गुरु ने अपनी शान्त मुद्रा बनाए रखी और जवाब दिया, 'मां, मैं ऐसा किस प्रकार कह सकता था? मैं ख़ुद भी बहुत चीनी खाता था तो फिर मैं उसे चीनी न खाने की बात कैसे कहता? लेकिन अब मैंने चीनी खानी बन्द कर दी है (यानी मैं ख़ुद दोषमुक्त हूं और ज़ोरदार ढंग से अपनी बात कह सकता हूं) तो तुम्हारे बेटे को भी चीनी नहीं खाने का निर्देश दे सकता हूं।'

ड्रगवाले विज्ञापन में भी यही सन्देश छिपा है। यही जीवन है। पहले से तैयार व्यक्ति ही सही है। जहां तक ड्रग्स का मामला है तो यह किसी के लिए भी बेहद दुखदायी अनुभव हो सकता है। मेरा एक रिश्तेदार शराबी है और उसकी इस आदत से उसके परिवारवालों को और हमें भी परेशानियां उठानी पड़ती हैं। शायद कई वर्ष पहले उस पर ज़ोरदार डांट का असर पड़ सकता था लेकिन उसके मां-बाप ने ऐसा नहीं किया और अब काफ़ी देर हो चुकी है।

इस तरह के मामलों में फटकार भी ज़ोरदार ढंग से और बार-बार लगाने की ज़रूरत होती है, ठीक वैसे ही जैसा कि रावण के दरबार में अंगद का पैर था।

28. आप रक्षक नहीं हैं

अपने बच्चों को मछली का शिकार करना सिखाएं

हैदराबाद के निज़ाम के बारे में अख़बारों में ख़बर छपी थी कि किस प्रकार 1976 में उसने बड़ी सावधानी और चतुराई से कई ट्रस्टें बनाई ताकि उसके वंशज आराम से ज़िन्दगी बसर कर सकें। लेकिन उसकी अगली ही पीढ़ी लगभग फुटपाथ पर आ चुकी थी। हमने बहादुरशाह जफर के वंशजों के बारे में भी पिछले दिनों ख़बर पढ़ी थी कि वे कलकत्ता की गलियों में जीवन बसर कर रहे हैं। हमारे रिश्तेदारों और दोस्तों के साथ भी क़िस्मत ऐसा कर सकती है।

ऐसा होता ही क्यूं है? हालांकि मैं हर बात का जवाब तो नहीं जानता, लेकिन मेरा मानना है कि 'अपने बच्चे को मछली दोगे तो वह एक दिन उसे खा लेगा लेकिन यदि उसे मछली का शिकार करना सिखाओगे तो वह हर रोज़ खा सकेगा।' हाल में मेरी बेटी दिव्या को गर्मियों की छुट्टियों के दौरान काम करने के बदले बतौर स्टाइपेंड 1500 रुपये मिले और उसने मुझे यह कहकर वे रुपये दिए कि यह उसकी पहली कमाई है। मुझे इससे सच्चा सुख मिला। लेकिन अगर मैं इसके विपरीत 'मेरा बच्चा' वाली भावना का ख़याल रखते हुए उसे छुट्टियां बिताने मसूरी भेजता तो मुझे उसके लिए म्यूज़िक-सिस्टम, कपड़ों, होटल आदि के ख़र्च का इन्तज़ाम करना पड़ता। यानी एक झूठे सुख को बनाए रखने के लिए मैं ऐसे ही और कई फरेबी सुखों के पीछे दौड़ता ! है न?

मैं यह नहीं कह रहा कि हमें अपने बच्चों के लिए सुख-सुविधाएं जुटानी ही नहीं चाहिए लेकिन हमें ऐसा करते हुए विचार करना चाहिए। मैं हमेशा यह याद रखता हूं कि एक बेटा शून्य से एक करोड़ बना सकता है और एक करोड़ को शून्य भी बना सकता है। बतौर मां-बाप हमें बच्चों के साथ बेहतरीन समय यानी क्वालिटी टाइम बिताना चाहिए और उतना ही पैसा उन पर ख़र्च करना चाहिए जितना हम आसानी से कर पाएं।

पिछले दिनों यूरोपीय समुदाय आयोग की ड्रग्स प्रिवेंशन यूनिट ने एक शानदार विज्ञापन निकाला–'पापा, क्या आप आंज रात का खाना मेरे साथ खाएंगे . . . प्लीज'–अरुण, पांच वर्ष। अरुण के साथ दाल-चपाती खाने में ही ज़िन्दगी का असली मज़ा छिपा है, न कि रात के एक बजे उसके लिए आइसक्रीम, गुब्बारों और महंगे विदेशी खिलौनों के साथ घर लौटना। इस बारे में सोचें।

आप अपने बच्चों के लिए दो अमर वसीयत कर सकते हैं–एक है जड़ और दूसरी पंख।

इसी विज्ञापन के मुताबिक़–'अरुण अकेला बच्चा नहीं है जो रोज़ इस इच्छा को अपने सीने में छिपाए सो जाता है। दुनिया-भर के विशेषज्ञों का मानना है कि अपने घर में ड्रग्स का प्रवेश रोकने के लिए 'अपने बच्चे के अच्छे दोस्त बनें'। हर रोज़ कम-से-कम एक दफ़ा उसके साथ ज़रूर खाना खाएं। अपने नन्हे अरुण की बात ज़रूर सुनें। बुद्धिमानी भरा फ़ैसला करें। और शुरुआत आज से ही करें।

एक बेटी या बेटे का बिगड़ जाना या उस पर नियन्त्रण न रहना, आपकी धन-दौलत, सफलता या भाग्य के भरोसे जुटाए गए हर सुख को बौना बना सकता है। इसीलिए 'पंचतन्त्र' लिखी गई थी।

इसकी कहानियां जीवन में आदर्श व्यवहारों के इर्द-गिर्द घूमती हैं। बुद्धिमान और समृद्ध राजा के तीन पुत्र थे। राजा ने महसूस किया कि वे तीनों ही व्यावहारिक शिक्षा से बचते हैं। उसे लगा कि अगर उसके बाद उसके बेटे राज-पाट संभालने के योग्य नहीं बन सके तो ऐसी सत्ता का

क्या लाभ। तब राजा ने अपने बेटों को शिक्षित करने के लिए विष्णु शर्मा को बुलाया। अस्सी वर्षीय विष्णु शर्मा की दिलचस्पी धन-दौलत में नहीं थी इसलिए उन्होंने कहा कि वे राजकुमारों को जंगल में बने अपने आश्रम में छह महीने में पढ़ा-लिखा देंगे। उन्होंने राजकुमारों को कहानियों के ज़रिए सिखाना शुरू किया और बाद में इन कहानियों का संग्रह ही 'पंचतन्त्र' कहलाया। क्या हम अपने बच्चों को व्यावहारिक दृष्टि से होशियार बनाने के लिए पढ़ने भेजते हैं? अपनी मूर्खता के कारण हम उन्हें ज़रूरत से ज़्यादा संरक्षण देते हैं।

ठीक ही कहा गया है कि एक आदमी राष्ट्र चला सकता है, और जनरल मोटर्स का प्रबन्धन भी कर सकता है मगर एक बेटे को नहीं संभाल सकता। बच्चों को पालना-पोसना बहुत ही चुनौतीपूर्ण काम है जिसके लिए व्यक्तिनिष्ठ होने की बजाय वस्तुनिष्ठता की ज़रूरत होती है।

हरेक माता-पिता को अपने बच्चों को पालते समय कई बार सख़्ती से भी पेश आना पड़ता है। अपने आस-पास देखें। सड़कों पर दौड़ती कई मारुतियां और यामाहा माता-पिता के अपराध-बोध के चलते बच्चों को दिए गए उपहार होते हैं। यह ग़लत जगह जताई गई सहानुभूति है !

अब शोध के बाद यह साबित हो चुका है कि बच्चों के जन्म के बाद पहले सौ महीनों में उन्हें अनुशासित किया जा सकता है। लेकिन हम सोचतें हैं कि यह बात हमारे बच्चे पर लागू नहीं होती क्योंकि वह कुछ अलग और ख़ास है।

दुनिया में लगी भीषणतम आग को भी केवल एक कप पानी से बुझाया जा सकता है, बशर्ते, पानी सही समय पर डाला गया हो। इसी प्रकार सही वक़्त पर लगाई गई फटकार बच्चे को दुर्योधन बनने से रोक सकती है।

29. क्या आपके भीतर सेवा करने का जज़्बा है?

हर कोई महान बन सकता है क्योंकि हर कोई मदद कर सकता है :

मदद करने के लिए आपको कॉलेज की डिग्री की ज़रूरत
नहीं है
आपको प्लेटो और अरस्तू को जानने की ज़रूरत नहीं है
मदद करने के लिए ज़रूरी नहीं कि आप आइंस्टाइन
का सापेक्षता का सिद्धान्त जानें।
ज़रूरत है तो बस समर्पित दिल और प्यार भरी
आत्मा की।

–मार्टिन लूथर किंग

कई वर्ष पहले जब मैं फरीदाबाद में अपने दफ्तर से लौट रहा था तो मैंने रास्ते में एक मोटर- साइकिल सवार को सड़क पर घायलावस्था में देखा जिसे सांस लेने में भी कठिनाई हो रही थी। जैसा कि ऐसी स्थिति में आमतौर पर होता है, कुछ लोग वहां

ईश्वर हर स्थान पर उपस्थित नहीं हो सकते, इसीलिए उन्होंने आपकी रचना की।

जमा थे। मैंने भी कुछ पूछताछ की और बुरी तरह से घायल उस व्यक्ति की हर सम्भव मदद करने का फ़ैसला किया। मैं उसे अपनी कार में लाया और अपने जेहन में उमड़ते सवालों की परवाह किए बगैर गाड़ी चलाता रहा। आख़िरकार मैं होली फैमिली अस्पताल पहुंचा। वहां कुछ नर्सों ने देवदूत की तरह प्रकट होकर उसे संभाल लिया था, हालांकि मुझे लगता रहा था कि वह जीवित नहीं बचा है। उन्होंने मुझे यह कहकर कि वे अब उसकी देखभाल कर लेंगी, जाने के लिए कहा।

यदि आप हिम्मती हैं तो अपने दिल की बात सुनें। अगर आप कायर हैं तो अपने दिमाग़ की सुनें।
–ओशो

तब मेरी 'अगर ऐसा हुआ तो' जैसी सारी आशंकाएं निराधार साबित हुईं और मुझे लगा कि मैं फ़िजूल में ही इतना घबरा रहा था। अस्पताल से ही मैंने एक व्यक्ति को उसके घर सूचित करने के लिए भेज दिया। घर पहुंचने पर मुझे अपनी पत्नी के साथ ग्रेटर कैलाश किसी परिचित की चौथी की रस्म में भाग लेने के लिए जाना था। संयोग से मेरा नया दोस्त यानी वह दुर्घटनाग्रस्त व्यक्ति भी वहीं रहता था। मैं इस बात की पुष्टि करना चाहता था कि उसके परिवार को यह ख़बर मिल चुकी है या नहीं। मैंने उसके घर के बाहर खेल रहे बच्चों से पूछताछ की तो पता चला कि उनकी मां होली फैमिली अस्पताल ही गई हैं।

इस पृथ्वी पर जीवन बिताने के विशेषाधिकार के बदले मूल्य चुकाएं।

उस स्थिति में भी लोगों की मदद करें जबकि आपको पता हो कि पुलिस या आपके अपने दोस्तों के कारण आपको परेशानी उठानी पड़ सकती है। दरअसल, कोसती अंतरात्मा से बढ़कर नरक और कोई नहीं है। उस वक़्त मैंने ख़ुद को बहुत सन्तुष्ट पाया क्योंकि मैंने एक नेक काम किया था।

मैं ईश्वर का एहसानमन्द हूं कि उसने मुझे दूसरों की मदद करने लायक बनाया है। क्योंकि दूसरों की मदद करके मैं अपनी भी मदद करता हूं। जब मैं दूसरों के लिए कुछ करता हूं तो मेरी नज़रों में मेरा आत्म-सम्मान भी बढ़ जाता है। ज़िग ज़ैगलर ने इस बारे में ठीक ही कहा है–आपको जीवन में वह सब कुछ मिल सकता है जो आप पाना चाहते हैं, बशर्ते, आप दूसरे लोगों को भी वह सब जुटाने में उनकी मदद करें जो वे पाना चाहते हैं।'

•••